新潮文庫

蘭の影

高樹のぶ子著

版

目次

蘭の影

蘭《らん》の影

息子の部屋に入ってみると、まだ彼のにおいが残っていた。息子の何のにおいだかわからなかった。布団《ふとん》に染《し》みこんでいた湿気のせいかもしれない。布団を干し、ベッドに風をあてるたびに、息子のにおいは淡くなっていく気がするのだが。

ベッドも机も洋服ダンスも、必要なものは東京で買ったので、息子が使っていた家具のほとんどはこの部屋にそのまま残されたけれど、本人がいなくなってしまうと、毎日のようにこの部屋が、無色透明な宙に浮かぶ空間になりはてていくようだ。

このぶんだと夏休みに帰ってきても、息子は居心地が悪いかもしれないと美知子は心配になる。この家とこの部屋が、いつまでも息子にとっての本拠地であってほしいと思うし、東京のアパートはかりそめの住いであってほしい。しかしこれからの六年間息子は東京で暮すのだし、その後も東京生活が続くとなれば、この部屋もこの家も彼にとっては懐《なつか》しいだけの場所になってしまうのだろう。

ベッドに腰を下すとスプリングが軋《きし》んだ。よかったですねえ息子さん、おめでとうございます、羨《うらやま》しいわ何もかも順調に行って、これでひと安心ですわね。

本心からの言葉もあればやっかみ半分やけっぱちにお祝いを言われた人もいる。

お医者さんのひとり息子に生れて、プレッシャーは大変だったんじゃないかしら、と息子に同情する友人もいたけれど、当の息子は父親の職業などと関係なく医学部に進むことを択《えら》んだ。それに医者といっても父親の行雄は大病院に勤務する身だし、息子に譲るべきものなど何もない。息子も多分、東京か他の大都市で病院勤めをすることになるだろう。行雄と同様性格は研究者に向いているので、開業医になるとも思えなかった。

息子の部屋は家の中で一番陽当りがいいので、折畳み式の物干しを広げて、洗濯物を乾かしている。ドライヤーから取り出して、まだ生乾きのものだけを掛けておくのだが、午後になれば大抵からからに乾いていた。

綿のシャツや庭仕事に使った軍手などを、その部屋から居間に運んできて、ソファーの片隅に山のようになった他の洗濯物の上にふわりと置いた。これから一枚一枚畳んでいくわけだが、なぜだか美知子はこの作業に没頭するとき、自分の脳味噌《のうみそ》が少しずつ確実に失われていく気がするのだった。

何も考えなくとも、手だけが動いて男物のブリーフをロールキャベツのかたちに巻いていくし、くつ下のもう片方だって捜しあてる。少しは頭を働かせなくてはと思うが、必要のないとき頭は働いてくれない。それに息子がいたときはブリーフを手にとってそれが息子のものか行雄のものか判断しなくてはならなかったが、いまはその必要もないので、いよいよ単純な作業になった。

洗濯物を収《しま》ってしまうと、夕方まで時間があく。晴れていても雨が降っていても、この時間には幸福と寂しさの両方があった。

テレビをつければ退屈しないですんだが、美知子は三時四時台のテレビ番組を十分も続けて見ていることが出来なかった。芸能人のささいなトラブルが世界の大異変のようにのさばっているし、眉間《みけん》に筋を立てて解説している男の話の中身が、主婦が生理中に万引した事件だったりするので、すぐに嫌になってしまうのだ。

美知子は自分を少しも特別な女だと思っていない。顔も頭の出来も平均的なところを親から貰《もら》ってきたと思っているが、奥様向けのワイドショーに気持が乗っていけないばかりか、見ていると体に煤《すす》が溜《た》まっていくような気がするのは、年齢のせいではないかと最近思うようになった。

あと一年。五十までに一年しかない。

あせる気持はないが、後から押されて前へ前へと進んできてみると、いつのまにか緑色の芝生の土地から荒れた石ころだらけの場所へ追い出されてしまったような気がしなくもなかった。

有難いことに肉体的な面での更年期の障害はなく、まずまず平穏なうちに閉経を迎えられそうな気配だが、心も体も脂《あぶら》が抜けて痩《や》せていく実感はあり、息子の上京でそれは一段とはっきりしてきた。

ときどき美知子は、自分が世界一の幸福者に思えて泣けてくる。一方で行雄にとっても息子にとっても何の価値もない女に思えてきて、死んでこの身を無に戻したいなどと考える。いずれも更年期障害のひとつなのだろうか。

美知子はテレビをつけ、やはり十分経《た》ったところで消した。婦人雑誌を開いているうち体がだるくなってきて、ソファーに横になった。

眠いのか眠くないのかわからないまま薄く目を開いていると、淡いピンクと紫色が、細まった視界の真中でキラキラと光っていた。靄《もや》の中で無数の蝶《ちよう》々《ちよう》が羽を開いたり閉じたりしている感じだったので、慌《あわ》てて目を開いたところ、行雄が一週間前に持って帰ってきた満開のデンドロビュームだった。

美知子の心臓は、どきどきと鳴り始めた。この一週間というもの、昼間ひとりのときにこの蘭《らん》と向き合っていると、必ずと言っていいほど心臓が異様な反応を見せた。

客があって、あらきれいなお花、などと言われてあらためて眺めたり、夜この花鉢を挟むかたちに行雄とソファーに座ってテレビを見たりするときには何事も起こらないのだが、ひとりになると、どうもいけない。うまく説明のつかない、苛立《いらだ》ちに似た感情に襲われるのだ。

うまく説明がつかない、というのは自分への逃げ口上であって、素直になれば理由もはっきり見えてくる。美知子はこの蘭に嫉妬《しっと》しているのだった。

行雄の患者で、腎臓癌《じんぞうがん》にかかった若い女性がいた。腎臓が専門の行雄は、中学生のときから彼女を診ていたが、当時は細菌性の炎症を繰り返し機能も人並み以下に落ちてはいたものの、そのつど回復して日常生活に戻ることが出来ていたようだ。

腎臓の慢性疾患は完治がむつかしい。しばらく病院に姿を現わさないと、うまく日々を乗りこなしているのだろうと安心する反面、徐々に悪化しているのではないかと心配にもなると、行雄は言った。

この心配が、的中してしまった。

何年か経って二十代に入ったその患者が行雄のところに現われたとき、腎臓から肺にかけての進行した癌が発見されたのだった。

癌が見つかって丸三年と半年、彼女は生きた。

何十人も抱えている患者について、行雄はふつう美知子に話したりしないが、この女性についてはよほどくやしかったらしく、進行癌だとわかった時点においても、その後の治療がうまくいかない折にも、めずらしく愚痴を言うことがあった。

「なぜあんな可愛《かわい》い子を、狙《ねら》いうちするのかなあ」

よく似た言葉は、行雄の医学部時代の同僚からも何度か聞いたことがある。外科医になった友人は、足を切断しなくてはならない骨肉腫《こつにくしゅ》の少年はなぜかみな、性格が素直で天使のような目をもっていると言ったが、同情や哀れみがそのような印象を与えるのではなく、素直な心や澄んだ目の少年を択んで、病魔がとりつく何らかの因果関係があるのかもしれないと、美知子も思うのだ。

だからその女性を行雄が可愛い子と言ったときも、美知子は十代の少女の姿を想像し同情していた。しかし彼女は二十代前半の女性になっていたわけで、中学生のころから知っていた患者ではあっても、可愛い子、と言った行雄に、美知子はその後ひっかかるものを覚えはじめた。

「それで例の女性、その後どう？」

美知子の方から尋ねると、行雄は話す相手がようやく見つかったというふうに、辛《つら》い病状について話した。

「……恋愛も結婚もしないうちに、そんな病気にかかってしまって、何て気の毒な人でしょう。十代からずっと、人並みにはいかなかったわけでしょうし、神様は不公平ね」

「おかげで僕が、医者兼父親兼恋人ってわけだ」

美知子と同じ年の行雄は、父親兼恋人などと図々《ずうずう》しく言い放ったわけだが、その言葉が収まったあとに、ほんのわずかにだが心の揺らぎが見てとれた。

美知子は夫のその揺らぎも含めて右から左へ押し流してしまったが、五十に近づいた男に自ら恋人と言わすだけの感情を、その若い女性が示しているに違いないと思うと、ふと立ちどまって息をととのえるぐらいのこだわりは覚えたのだった。

「……医者冥利《みょうり》に尽きるんじゃない？　ほかに頼る人もいなければ、あなたがきっとすべてなのよ」

それから美知子は悪戯《いたずら》をとがめる姉のように行雄の顎《あご》を指でつつきながら、ついでに心の恋人もつとめてあげなくちゃあね、と言ったのだが、これはこれで本心からの言葉だった。別にこの女性に限らず、体を病むことで心も弱くなった女性患者にとって、医者が医者以上の存在に見えることは少しも不思議ではないと思っていた。

そしてつい一週間前、彼女は死んだ。その夜行雄はデンドロビュームの鉢を抱えて帰ってきた。彼女から貰ったものだと言った。一本の丸い茎に花を群がりつけるこの蘭は、胡蝶蘭《こちょうらん》やカトレアなどと違って育てやすいらしく、何年も彼女の病室の窓辺に置かれていたという。はじめは誰かの見舞いだったのかもしれないが、花が終ったあとも手入れをすれば次の春に花をつけるので、彼女にとってはなぐさめ以上の、生きる目的になっていたのかもしれない。

行雄が持ち帰ったデンドロビュームは半分開花し半分はふくらんだ蕾《つぼみ》の状態だったので、今年も無事花を咲かせたのを見届けて、彼女は死んだのだろう。

花鉢にはノートをさいた紙切れがそえられていて、デンドロビュームの手入れの仕方が書き記してあった。それによると開花期が終るまでは水をひかえめに与え、室内に置いておいて構わないという。やがて花が終り茎の下部から新しい芽が伸びてきたら、この茎が来年には花をつけるので、日光にあてたり肥料を与えたりしなくてはならないらしい。最後のところに、先生、この花をわたしと思って大事にして下さい、と幼い丸い字で書いてあった。

「私、自信がないわ。だって頂いたシンビジューム、次の年に花を咲かせたことなんてないもの、園芸は苦手なのよ……」

庭の隅には、葉っぱばかりというかその葉も水やりを忘れて半分枯れてしまったシンビジュームの鉢が三つも四つも転がっている。

「別にいいんだよ、貰ってあげることが大事なんだから」

行雄は死者の意志に、こだわりを見せなかった。

居間のソファーセットの間の小テーブルに置くと、たった二日で花は満開になった。あっちで失われたいのちが、こっちで噴き出したかと思うほどの賑《にぎ》やかさである。息子が東京に出ていったのと入れ違いに家に入ってきたせいもあって、美知子はこの花が、花以上のものに思えて仕方ない。

行雄とその女性のあいだに、医者と患者以上の出来事があったとは思えない。女性が行雄に異性としての感情を持っていたのは間違いなさそうだが、行雄は若い女の感情を、医者としてうまく躱《かわ》しながら死を見届けたのだと思う。行雄は美知子に、可愛い子、と言った以上の彼女への心の傾斜を見せなかったが、彼女が死んだ夜、風呂《ふろ》からあがった鏡の前で、自分の裸の上半身をじっと見つめていた。

背後を通りかかった美知子をつかまえ、鏡の中で胸を張って見せながら、二十代の男とどこがどう違う？　と答えに困るような質問をした。そのときどこがどう違うとも思えなかったのは、多分風呂上がりで肌がみずみずしく潤《うるお》っていたせいだろう。翌日あらためて思い出してみると、夫の頭の髪には白いものが混じっているし目尻《めじり》や頬や首もたるんでいる。体重だけは彼が自慢するように三十のころから増えてはいないが、体重に変わりはなくても確実に老いはやってきているのである。同じ年の夫婦だけに、行雄より美知子の方が老いの徴候は早くからやってきてはいるけれど。

あのとき鏡の前で彼は何を考えていたのだろう。二十代の男のように振舞えばよかったと、うすい後悔に取り囲まれていたのだろうか。死んでいった女のもとめに応じてやれなかったことを、くやんでいたとは思わないが、なにかそれに近い感慨が、行雄の気持をうごかしていたような気がする。

ソファーに一人で座ってこの花を見るたび、病室のベッドに横になった若い女と、彼女の顔を覗《のぞ》きこみ、手を握り、胸をはだけて乳房の上に聴診器を乗せる行雄の姿が見えてきて、心臓が鳴りはじめるのだ。人の体が死んでいくとき、映画の中の死のように美しいものではなく、たとえハリウッド女優であっても目をそむけるほどやつれた状態になるのを知っているけれど、それでもこの目で見たわけではないので、死の床の彼女はやはり二十代の美しさを見せつけるのだ。

「どうした、寝不足か」

ネクタイをしめながら行雄が言った。洋服ダンスの中から背広を取り出しているとき、めまいに似た感じに襲われて思わず傍らのベッドに座りこみ、目のあたりを揉《も》んだ。そういえば寝不足だな、と美知子も納得する。寝つきが悪い。朝もまだ暗いうちに目がさめ、トイレに立ち、熱帯魚の水槽など覗きこみ、デンドロビュームの影が水底の藻《も》のようにゆらゆらと立ちあがっているのを確かめたのちふたたびベッドに戻ってくるのだが、そこから先に深い眠りはない。起き出す三十分くらい前に睡魔に引きずりこまれたりするものの、たちまち断ち切られるので、かえって寝起きが苦しくなった。

「熟睡が出来ないのって、年をとった証拠ですってね。医学的にはどうなの」

「そういうことを言うね。しかし人間の体はくたびれれば嫌でも眠る。年齢のせいじゃあなくて、要するに運動不足なんだよ」

「またヨガでも始めてみようかしら」

「僕より息子の方に手をかけていた証拠だな。あいつがいなくなって、やることがなくなったんじゃないのか」

「そんなことはありませんよ。だってあの子がいたときだって洗濯は洗濯機、そうじはそうじ機がやってくれていたんですもの」

「だったら、心の労働の方だろう。つまり心配事だよ。受験生抱えてるときはピリピリ張りつめていたが、いなくなっちゃったんだから」

「贅沢《ぜいたく》病だって言いたいんでしょう」

「いや、幸福病だ」

「何にも思い患《わずら》うことがないと思ってるんだから」

「何かあるのか」

「いえ、ありませんけど」

なくはないけれど、口に出して言えばみな幸福病か贅沢病にされるに決まっていた。美知子の心には空洞があいていて、鏡の前で首筋のたるんだ皮膚を見つけたり、突然昔からの知人の名前が出てこなくなったり、ほとんど無自覚なままやれやれだのヨイショだのと言っているのに気づいたりしたとき、この空洞は前より確かに大きくなっているのだが、それを言ったところでやはり幸福病か贅沢病にしかならないだろう。失ったものを取り戻すには振り向いても駄目で、未来に向かって手を差し出すしかないことも、わかっていた。

「春のうれいです」

と美知子は言って笑った。

「木の芽どきの憂鬱《ゆううつ》っていう、あれですよきっと。思春期と同じに、ちょっとバランスが崩れてるんじゃないかしら。男たちがどんどん遠くに行っちゃって、ひがみっぽくなっちゃう時期なんです」

「遠くに行ったのは息子だけで、僕はちゃんとここにいるじゃないか。今夜、第二の青春をやりますか、どう？」

と言ってようやく立ちあがった美知子の腰のあたりを引き寄せ、それからせわしげに体を返すと玄関にむかった。

片づけを終えて新聞を読み、近所に住む母親に毎日かける電話で元気かと訊《き》き、変わりはないわよ、の返事のかわりに十五分も入れ歯の具合が悪くて歯医者と喧嘩《けんか》している話を聞かされ、ようやく受話器を置くと、そこにまたデンドロビュームが花の木のように立ちふさがっていた。するとまた、なにやら胸苦しくなってきて、先生、わたしを大事にして、という声が聞こえてくるのである。

更年期障害なんて自分には縁がないものと思っていたが、どうやらこれがそうらしい。美知子はデンドロビュームの鉢を抱えて息子の部屋に行き、机の上に置いた。こうしておけば目に触れない。夕方行雄が帰ってくる時分に居間に戻せばいいと思った。

一件落着したような気分で昼食に昨夜の残りものを食べ、極楽極楽と自分に言いきかせながらソファーに寝転がった。

ところが突然嫌な気分になった。息子を奪われそうな、あやしい女の手が息子に伸びていくような気がして、美知子はふたたび立ちあがる。

息子の部屋から鉢を取り戻したものの、置き場所に困って、硝子戸《ガラスど》を開けて外に出した。空はよく晴れていて春の真盛りといった空気が、硝子戸の外にも内側にも溜《た》まっていた。鉢は夕方冷えこむ前に取りこめばいいと考え、あらためてソファーに体を横たえた。

目を閉じたが目の裏は明るかった。この明るみは本当に視神経が血や肉の色をとらえているのか、それとも実際の色とは違うファンタジーなのだろうか。

視神経が機械的にとらえた色なら、色も明るさも均質で一定のはずなのに、こちらの精神の集中度や注意の払い方によって、赤い色が濃い紫や淡いピンク色になったり、片側の方から波のようなものが現われたりするところをみると、やはりこれはファンタジーなのだろう――

するとふいに、鮮やかな赤い画面に黒い影がうつった。何かが、まぶたと外光のあいだに挟みこまれ、その影がまぶたに染《し》みこんでくる感じだった。

美知子は注意深くその影を探った。

影はかなり複雑で、まず真中に一本の茎のようなものがあり、上の方が女の頭部のようにもやもやと煙っていた。その煙ったあたりに目を凝らしていると、幾重かに重なり合う花弁が見えてきて、しかもそれは外側の方は一重で色も薄く、内側に二重三重の厚い花弁を抱えこんでいるのがわかった。

やっぱりそうか、と思って目を開くと、美知子の顔の前に女の顔があった。

「どうやって入ってきたの」

と美知子はまず訊いた。硝子戸は確かに閉めたはずだった。女は振り返って硝子戸を見た。女の体が通り抜けられる幅だけ開いていた。

「名前は何ていうの？　主人から聞いた気がするけど最近は知り合いの名前まで忘れちゃうものだから」

「何でもいいです。よかったらデン子と呼んで下さっても……」

「ああ、そうか、デンドロのデンなのね。あなたがそれでいいって言うならデン子にするけれど、薄命の美人がデン子なんてね。でも、表があるものには必ず裏があるわけだから、案外そういう人だったかもしれないわね、あなた」

起き上がった美知子は、デン子を確かめた。髪は目の裏の影で確かめたとき同様、栗《くり》色《いろ》にやわらかく盛り上がり、耳の後でその先を細く三つ編みにしていた。額の広さは頭の良さと才気を感じさせるし、体も丸々としていて南国の陽気さを思わせる。健康そうだが、それでも癌《がん》には負けてしまうのだ。

唇は花芯《かしん》の色そっくりに紫色がかった赤で、口角がわずかに切れ上がったかたちも人体の一部というより花の中から運んできたもののようだ。

美人というよりファニーフェイスなのが、美知子を少し安心させた。

「よくいらっしゃいました、って言えばいいんだけど、何だかちょっと複雑なのよ、私の気持も」

「わかります。突然こんなことになったわけですから、歓迎して頂こうとは思っていません」

「いいえ、歓迎してるの、ちゃんとしてますよ。だってきれいなものは、見ていても気持がいいですしね」

「本心ですか、それ」

「本心ではないけれど、努力してそう思っているわけですよ。ともかく落着きましょう。そっちへ座って」

デン子はソファーの斜め向う側に腰を下した。膝《ひざ》が胸の高さまで持ち上がり、膝から下の脚が真直ぐ伸びている。白い肌が室内の光を集めてはちきれそうで、その膝をほんの少し横にずらすと、太腿《ふともも》のあたりまでが輝いた。最近の二十代は四十代と同じ背の高さであっても、腰の高さが十センチは違うと友人がくやしそうに言っていたが、なるほどと思う。胸はゴムマリを割って置いたように右と左が同じ高さに盛り上がっていた。

実は私、と美知子が言いかけたとき、デン子は身を乗り出すようにして遮《さえぎ》った。

「そんなふうに告白調で言わないで欲しいんです。重たいのは苦手なんです。病院にいたときから、深刻な話なんて一切しなかったものだから」

と丸い目をせわしげに動かして言う。じっとしているのが嫌なのか、貧乏ゆすりが始まっていた。

「わかったわ。だったら軽い調子で言うからそっちも軽く聞き流してね」

「どうぞ」

「だから私、つまり主人のことなんだけど」

「先生がどうなさったの」

「あなたとの間に、何があったのか、いえなかったのかと、いろいろつまらないことを考えてみたり……」

デン子の目が意地悪く光り、口元がニヤッと動いたので、美知子はたちまち後悔したのだった。

「わたしと先生の間って？」

「まあいいわ、どっちでも」

「よくはありません。わたしと先生の間がどうしたんですか」

「ですから、患者と医者だったわけでしょう」

「ええ」

「それだけですか、って訊きたかったんだけど、もういいの」

「ねえ、どうしてもういいんですか。大人はこれだから嫌だわ、思ったことを全部出してなんかくれなくて、あとで意地悪したりするんだからあ」

甘えるような語尾を受けとってみると、先生、この花をわたしと思って大事にして下さい、という丸い文字が、彼女の音声になって伝わってきた。確かにその声は深刻味に欠け、かわりに子供っぽい無邪気さが匂《にお》う。これまで美知子は、何度もその一文を音声に直して受けとめていたけれど、いずれもその声はしっとりと潤ってものがなしく、溜《ため》息《いき》まじりに体に絡《から》みついてきた。ところが実際は、違っていたのである。同じ文章でもこうもかけ離れているのかと、あらためて感心した。

「だから私、年甲斐《としがい》もなくあなたにやきもちやいてたってわけ。このところ若い人を見ると何となく不愉快になったり、自分がつまらなく見えたりしてたの。ひとり相撲だってわかっていても、気持が沈みこんでいくのが止められなかった……そこにあなたの話を聞いたものだから、妄想がどんどん膨《ふく》らんでしまったのね」

「それでいまは？」

「もう平気よ、あなたに会えてよかった。つまらないことにとらわれてたみたいね」

するとデン子は、伸ばしていた脚をゆっくりと組むと大人びた溜息をついた。

「そんなふうに言われると、わたしの方が傷ついちゃう。わたし、先生に憧《あこが》れてましたし、先生が頼りだったんですから」

「ええ、よくわかってるわ」

「わたしに会って、わたしが一人前の女じゃないので安心なさったのね」

「あなたは立派な大人だわ、まぶしいくらいよ。でも、何となく心配していたことが晴れた気分なの。こういうことは、ちょっとした気分で良くなったり悪くなったりするものだから、折角良くなったんだからもう、余計なことは耳に入れないで……」

「ひとつだけ訊いてもいいですか」

とデン子は言った。上目づかいに見上げて口をとがらせている。探るというより抗議でもするような顔つきである。

どうぞ何でも、と美知子は余裕をもって言った。

「……先生はどうしていつも、爪《つめ》をあんなにきれいにしておられたんだろうと思って。きっと奥様が毎日風呂《ふろ》あがりに、切ってあげてるんだって、わたしもやきもちをやいてたんですよ」

「爪？　そんなもの、女房がいちいち切ってあげると思う？　明治の男じゃないのよ。爪がどうなってるかよく見たこともないわ」

「いつもすごく丁寧に丸く切って、ヤスリまであてられて……」

「本当？　うちにヤスリなんてないけど」

「先生が御自分でおっしゃったんだから間違いありません。回診のとき、ほらって両手の指を見せて、これでいいでしょうか、っておどけた顔で訊かれるの。わたしが結構です、って許可を出すと、診察が始まるの」

「……よほどあなたを大切に思っていたんじゃないかしら、うっかり爪の先がひっかかって、あなたのその肌を傷つけてはいけないって気をつかったのよ」

そう応《こた》えながら美知子の気持はまた乱れはじめた。行雄の爪といえば、思い出すのはひとつしかない。行雄も美知子もまだ二十歳をちょっと過ぎたばかりで出会って間もないころのことだ。行雄はデートのたびに深すぎるほど爪を切り丸くヤスリをあてた状態で美知子の前に現われた。美知子は女なのに爪の手入れなどいい加減で、ろくにマニキュアも塗っていなかったので、行雄の指先の清潔さに毎回驚かされたわけだが、結婚してみると夫の爪はさほど注意を払われなくなった。

医学生は爪を少しでも伸ばすと叱《しか》られるのかと思っていたが、そんなことではないらしいと知り、さらに彼がある準備のために、デートのたびに爪を手入れしていたのだと本人から聞くに及んで、あら、そんな素振りはちっとも見せなかったから、わたしの体なんか興味がないのかと思ってたわ、と美知子は大笑いした。触ったことのない女のからだは、怖かったんだよ、と行雄は憮然《ぶぜん》としていた。

「……そう言えば主人は若い人にいつも言ってたわ。ええ、息子にも言ってたわね。医者にとって指先はとても大事だって。指先だけが患者と繋《つな》がる場所だから、いつも清潔にしておけって、確かに言ってました」

どうも自信がなかったが、そう言い切ってみると、行雄が息子にアドバイスする姿まで見えてきた。精神論めいたことは一切口にしない父親だったが、爪の話ぐらいしたかもしれないではないか。

「E・Tみたいな話ですね」

と彼女は疑うような目になった。

「そうそう、指先がくっついて、ピッと光るあれね。医者もあれと同じなのよきっと。まだ訊きたいことある？」

「いえ」

美知子の気迫に押されたようにデン子は黙った。

「だったらもう、消えて欲しいな」

「でも、これきりってことじゃなくて、また会いたくなったら会えるわよね」

「そうします」

「多分、大丈夫だろうと思います。奥様はそういうの得意みたいですし、こうと念じたらファンタジーをどんなふうにも作れる方ですもの」

……そうなの、最近読んだ本にも出てたわ。人間がその個性の存在を確認しようとするとき、その人固有のファンタジーを持つことが絶対に必要だって。外側から見えるものなんて、それは個性じゃないのよ。だって誰だって目はふたつ鼻はひとつ甲状腺はふたつと決まってるんですもの。同じ制服着せて三十メートルも離れれば誰が誰だかわからないのよ。だけどファンタジーはみな違う。その人がどんなファンタジーを抱えているかで、その人が何者かってこと、決まってくるんだわ……ええ、確かその本、有名な心理学者が書いたもので、渡り鳥のもっとも渡り鳥らしい行動を背後で支えるものに、ファンタジーがあるのではないかって言ってたわ……渡り鳥がなぜ決まった季節に決まった移動ができるかを、科学で解こうと思ってもきっと駄目なのよ。鳥が集団で抱えているファンタジーに近づけば、きっと何かが……

美知子の長い論説を聞いている者は誰もいなかった。彼女は起き上がって時計を見、まだ少し早いとは思ったが、硝子戸《ガラスど》を開けてデンドロビュームを中に入れた。華やかなだけでなく、したたかな強さを持つ花だと思った。それが証拠に指でちょっと触れたぐらいでは傷もつかない。開花期は一ヵ月も続くと聞いている。硝子のサイドテーブルの上に、そこだけ丸く印をつけたように鉢の跡がついていたので、花の鉢を正確にその上に乗せた。


朝出かける時に妻に言ったことを、行雄は忘れていなかった。すべての男に去られたと思われては困る、などと言いながらベッドの中の美知子に手を伸ばしてきた。

夫の体を受け入れるたび、美知子は長い布を縫っていくときのステッチ、縫い目のようなものを感じる。二十代のころは性を重ねることで必死で二枚の布をつなぎ合わせていた気がするが、いまはもう、行為によって縫い合わさなくともおおよそ重なっている。二枚の布が剝《は》がされてバラバラになることはない気がするが、それでも偶《たま》には針と糸で目に見える縫い目を入れることには意味があるし、安心させられる部分もあった。

この縫い目は、大きさも強さも結婚当初とほとんど変らない。四十代に入って間遠くなっただけのこと。

終ったあと美知子は、行雄に眠って欲しくなくて話しかける。放っておくと五分で高いいびきが聞こえてくる。

　ねえ、と言いながら暗いなかで行雄の手をとった。そして指先の爪を確かめた。爪が伸びているわけではないが、最近切ったとも思えない手触りだった。

「……爪、ちゃんと切ってる？」

「うん」

「ヤスリ、かけてるの？」

「ときどきね。どうした？」

「ううん、どうもしないけど、うちにはヤスリなんてないから」

　どうでもいいことだと思うのか返事は返ってこず、美知子の手を引いたまま眠りに落ちこみそうな気配だから、慌《あわ》ててその手を引っぱった。

「昔のあなた、深爪するくらいに爪を切ってたでしょう……」

「そうだったかな……おやすみ」

「デートのたびに感心してた……」

「……痛かったのか。悪かったな」

「そうじゃないのよ、ふと思い出しただけなの。でももしいま、あなたに若い恋人でも出来たら、デートの前にきっと爪をきれいに切るでしょうね」

「眠るよ、いいだろ」

紫色の闇《やみ》が、ちょうどまぶたを閉じたときのように広がっていた。夫はもう、自分の知らないファンタジーの中に入りこんでいったのだと思い、その手を離した。するとそれを待っていたように彼は手を引っこめ、寝返りを打った。

彼の頭の中には妻の見当もつかぬファンタジーが詰まっているに違いない……しかしそれはお互いに覗《のぞ》き見ることが出来ないし、見てしまってはおしまいだ、という気持がやってきた。渡り鳥には、集団が大切にするファンタジーがあるのかもしれないが、人間にはそれがない……だからときどき縫い目でお互いをくっつけていかなくてはならないわけだが、そのさなかにあっても、同じひとつのファンタジーに浸ることなんて出来はしないのだし……

美知子は息子のことを考えた。夫とのついさきほどの行為から息子は体内に生まれ、それが人間のかたちになり、この世に出てきて成長し、いまこのとき、東京でビデオを見ながらビールを飲んでいるに違いない。そのすべてが突然、現実のものと思えなくなった。しっかり摑《つか》んでおかなくては、息子だって消えてしまうかもしれない……

「また会えたわね」

と美知子は言った。夢というには意志がはたらきすぎている。彼女に会いたいと念じたので、デン子はやってきたのだ。

「もう用事なんかないと思ってました……でもありがとう。奥さんは自分の幸せを確認するために、わたしがきっと必要だと思ってたわ」

「そう言われると辛《つら》いわ。でもそのとおりかもしれない。認めたくないけど、自分がどんなに幸せかを確かめる方法って、不幸な人のことを考えるのが手っとり早いのよ。いえ、誰もそんなこと、口では言いませんよ。自分はそんな下品な人間じゃあないって顔してる。でもこれは真実なの。たとえばテレビを見てごらんなさい。女性週刊誌だって同じよ。プリンセスや女優などの雲の上の話題か、万人の哀れみを集める悲惨な話のどちらかが受けるのよ。人の心が、ああした話題を作り出すんだわ。あれもファンタジーよね」

「とするとこのわたし、万人の哀れみを集める悲惨な女ってわけですね」

美知子はそのとおりだと思ったが、言葉に詰まって自分の手を見た。手指の節《ふし》がかたく盛り上がり、そこだけ魔女のように見えた。デン子の指は薄い透明な皮膚に覆《おお》われて、内側の血管というか葉脈《ようみゃく》のようなものまで透《す》けて見える。ピンク色の血がその中を、ことことと動いていた。

「それでもう、元気になれたのですか？」

「ええ、だいぶ良くなったわ。不定愁訴っていうらしいんだけど、愁訴っていうから誰かに訴えてもいいんだと思うのに、訴える相手がいないから、つまりあなたに……」

「どうぞ訴えて下さい。わたしもう何聞いても驚かない。先生に愛されたお礼をしたいと思ってたんですから」

「いま何て言ったの」

「まだやきもち病は治ってませんね」

「嫌なこと言って不安にさせないでよ。それでなくともこのところ、もう自分は用済み人間になって中古車置場に積み上げられた感じがしてるんですから」

「この部屋、何だか暑苦しいわ。外に連れ出して下さらないかしら」

あなたがやってきたから、この部屋が暑苦しくなったのだと言いたかった。

「どこへ行きたい？」

「先生がまだ若くて、目尻《めじり》の皺《しわ》もなくて、咽仏《のどぼとけ》がぴんととがって、顎《あご》も三角形にすっきりしていたころ……」

ベッドの中から見上げると、医者の咽仏が目の前に迫ってくるのだろうと美知子は思った。行雄は風呂《ふろ》上がりの鏡の前で、自分の上半身を二十代の若者とどう違う、と訊《き》いたが、そんなことデン子に聞けばよかったのだ。最近の二十代は子供っぽく見えて、覚めている部分はしっかり覚めていると言うではないか。目尻の皺と咽仏と顎については、いつか行雄に教えてやらなくてはならないと思った。

行雄と出会ったのは東京だった。美知子はデン子を新宿御苑《ぎょえん》に連れていった。

冬枯れた木立ちの中を光の結晶のようなものがキラキラと降ってくる中を歩いてみることにした。

「私がちょうどあなたぐらいのとき、主人とここを歩いたの。まだお互いに学生でお金がなかったから、入園料だけ払えば半日時間が潰《つぶ》せる場所は有難かったわ。デートの場所なんて決まっててね、あのひと歌が下手だから歌声喫茶も苦手だし、そうそう、ちょっと話すのが恥しいけど、土曜日にホテルに泊って朝この公園に入って、ずっと夕方まで芝生に寝っころがってたこともあるわ。それはずっとあとのことだけど」

「結婚することに決めてたんでしょう？」

「ほかの人のことなんて考えられなかったけど、私にはもうひとつ夢があった。翻訳をやりたかったの」

「医者と翻訳家なんて、高級すぎて気味が悪いくらいですね」

「結婚してこっちに移り住んだから、夢のまま残っちゃった」

「私、外国のミステリーが好きで、病院でもずっと読んでたんです。先生もミステリーが好きでしたね」

「あら、主人がそんな話をしたの？」

デン子はしまったというふうに口をつぐみ、次にまあいいかと開きなおった顔になった。木洩《こも》れ陽《び》が、栗色《くりいろ》に盛り上がった髪の上で跳ねている。行雄は可愛《かわい》い子と表現したが、睫《まつげ》の長い、目の大きい、人間というより人形に近い顔立で、こういう顔は生きているときと死んだ顔とに、さほど落差がないのではないかと思った。

「……先生はいつも、御自分が読んだミステリーの本を、貸して下さったの。わたしが読み終えたら、それをおうちに持って帰られてたみたい。先生のディック・フランシス、全部わたし、読んでます」

こういうひとことに美知子が傷つくとは、デン子も知らないらしい。美知子はそこのところを見透かされまいとして、自尊心を帽子のように頭に乗せて首をのばした。

「どうりで主人が病院から持って帰った本は、どれもこれも頁が膨らんで、ときどき水がかかったような跡までついていて、へんだと思ったわ」

「ここを歩いたとき、奥さんはまだ、翻訳の夢を捨ててはおられなかったんでしょう？」

「ええ、あの人に負けないくらい、何かしたいって思ってたわ」

「わたしが奥さんだったら、がんばってみるのにな。いまはもう駄目だけど」

デン子が立ちどまった。花が萎《しお》れるように首をうなだれていた。美知子はデン子の体を抱いてベンチに座らせた。ペンキが剝げたベンチは白く乾いていて、端っこの方にグリコの赤い箱が一個転がっている。美知子は、確かにそうなんだな、と思った。何がそうなのかよくわからなかったが、デン子が考えていることがすっと美知子にも伝わってきて、素直に頷《うなず》くことが出来た。

当時、半ばたわむれに、しかし半ば本気で、いつか自分が翻訳したミステリーを、行雄に読ませてあげると言ったのを思い出した。いや、本心からそう考えていたのだ。

この世に不可能なことなど何もないと考えていた。努力すればすべて手に入ると思っていたし奢《おご》りと夢とが分かちがたいほどひとつになって、毎日を輝かせていた。しかしあれからの年月はそれなりに忙しかった。息子が小学校へ上がった年、行雄は大学の同級生だった女医の誘惑にのって関係をもってしまい、美知子は息子を転校させてまで別居をはかったが、女医とはすぐに別れて元どおりの生活に戻った。それ以後行雄は、妻に知られるような女性関係は起こしていない。本人はあれで懲《こ》りたと言っている。この十年は、息子の受験に追いまくられた感じだ。

「そうねえ……」

美知子は溜息《ためいき》をついた。

「私はまだ生きてるんだものね」

「ねえ……わたし二十三年しか生きられなかったけど、奥さんや先生の年に二十三年を足したらいくつになる？」

「七十とちょっとかな」

「いけそうでしょ？　それくらいまで」

「行っちゃうでしょうね、私も主人も癌《がん》家系じゃないから。ああもうその続きを言わないで。あなたが何言いたいかわかってるんだから……」

美知子はベンチから立ち上がった。その拍子にグリコの赤い箱が地面に転がった。箱の上で、男が両手を上げている。この男はこれから走りはじめようとしているのだろうか。それとも走る途中か。ゴールに走りこんだにしては、男が若すぎると思った。美知子が地面に蹲《うずくま》るようにして箱を覗きこむと、男の足がせっせせっせと動いている気がした。耳のうしろにデン子の息を感じたが、もう振り向かなくてすみそうだった。

雨が上がったので庭でパターの練習をするつもりになった行雄は、硝子戸《ガラスど》を開けて左足を踏み出した。サンダルに足を入れかけたところで体のバランスが崩れ、はいたサンダルごと何かを蹴《け》とばしてしまった。

　サンダルとデンドロビュームは、同じ敷石の上に乗っていたので、花鉢は放り出されたように下に落ちた。

　庭で草むしりをしていた美知子が、大丈夫？　と声をかけた。ああ、と言って行雄が鉢を持ち上げようとすると、蘭《らん》は鉢からすっぽり抜けて乾いた水苔《みずごけ》を根のあいだに抱えこんだまま、芝草の上に転がって落ちた。美知子はそんなことに気づかぬまま手を動かしている。

　彼は抜けた蘭を手にとった。そして患者を診察するような目で、その裸身を眺めた。

　まだ花をつけたままの茎は太く丸く伸びているのに、根に繋《つな》がる茎の下部は細く、こんな細い部分を通って水分を吸いあげているのかと感心した。足首だけが異様に細い女のように、いかにもバランスが悪かった。根も水苔も乾いて、倒れるだけで抜け落ちる状態になっていた。おかげで花が四つ落ちたが、鉢に収めてみると大して変わりはなかった。

　元どおりに置きなおし、落ちた花を拾って手の平に乗せた。

「さっきの話だけど、やってみればいいんじゃないか」

と夫は妻に言った。

「ほんと？　賛成して下さる？　ありがとう、私、がんばってみる」

「やるからには中途半端《はんぱ》にしないで、かたちになるまでがんばってみるべきだよ」

と妻の喜ぶ声に押されるかたちでつけ加えたが、美知子がこれからどんなに勉強しても、翻訳を職業に出来るほどの力はつかないだろうと思っている。

しかしそんなことはどうでもいいのだ。夏と冬、一ヵ月ずつの特別コースのために息子のアパートで暮し、若い人に混じって専門学校に通うぐらいのことは許してやりたい。そのほかは家にいて通信教育を受けるというのだから、家の方にも大して影響はないだろうと行雄は思った。

それにしても、と彼は不思議な気持で妻の屈《かが》みこんだ背中を見た。

ついこのまえまで、理由のない塞《ふさ》ぎ方をしていた妻はどこへ行ったのだろう。

苦言を吐けば事態は余計悪くなりそうだったので黙っていたが、冗談を言っても顔の下半分で二、三秒笑うだけで、気持はすぐに夫の知らない壺《つぼ》の中に潜りこんで出てはこないし、何を考えているのかわからない暗く気遠い目で、テレビのブラウン管の奥の奥、世界の裏側をぼんやり見ているばかりで、番組の中身になどまるで無反応なときもあったのだ。

わずかなひとことがどんな波紋を生むかわからないのでこちらも黙っているにかぎるとばかりに、距離を置いていた。

蘭の花鉢を持って帰った日から、それが余計ひどくなったような気がして、しまった、当直室にでも置いておけばよかったと後悔したが、いまさらそうするとさらにやっかいなことになりそうだったので、そのままにしておいた。

しかしどうしたことか、ここ数日、妻の機嫌はよくなり、顔色も意欲も回復している。何かがふっきれたように気持も若返り、蘭の鉢を外に出したり入れたりするときも、デン子、デン子、と鼻歌まじりに呼びかけているのである。

なぜデン子かと訊けば、デンドロビュームだからだそうだ。

デン子とは驚いたなあ、と彼は手の平の中の四つの花に言う。それから、ごめんよへんな名前で、と謝った。僕がつけたわけではなく、女房が勝手にそういうことにしちゃったんだから……

行雄は花首を乗せた手の平を、くすぐったいように感じた。それから次に、胸がしめつけられるほど切なくなった。

君との三年半は決して忘れない——

彼は突然襲ってきた感傷のせいで、パターと花を持ったままふたたび居間に戻った。

いちども男の人に抱かれないまま死ぬのは嫌だと、しがみついたまま放さなかった腕の力はいまも首筋に蘇《よみがえ》ってくるし、学会といつわって一泊の旅に連れ出した一年前の正月七日真昼間、本当に僕なんかでいいんだねと言いながら深く爪《つめ》を切った指をやわらかい恥毛の谷間に滑りこませたことなども、はっきりと思い出せる。

わたしが死んだら何もなかったことにして、残りの人生を平気で生きていくのね、と病室で突然言われて、看護婦に入口で聞かれてはいないかとひやりとしたこともあった。同情から出発したことであり、医者としてもベストを尽くしたし、何より死んでいく女の希《ねが》いを可能なかぎりで叶《かな》えたという言い訳は出来るけれど、妻の憂鬱《ゆううつ》の原因は自分にあるような気がして、負い目は大きかった。

しかし結果はどうだ。デン子だぞ。

行雄のなかに苦い笑いが湧《わ》いてきた。デン子という名前も悪くない気がしてきた。今度生れてくるときは、デン子という名前にふさわしい、丈夫な女に生れてくるんだぞと、彼はその名前からはほど遠い死者に呟《つぶや》いた。

ともしび

秋蟬《あきぜみ》が八月初旬から鳴きはじめるほどの冷夏だった。

夏空のかわりに撫《な》でれば水滴が手を濡《ぬ》らしそうな雲で全天は覆《おお》われ、台風の予兆のような湿った風が連日吹いた。

九月に入っていくぶん夏らしい暑さも戻ったが、それも季節に追いたてられるように退《ひ》いていき、またもや秋雨《あきさめ》前線に居すわられてしまった。

ステーキやスペアリブを食べさせるアメリカンレストランを経営している戸田洋子は、仕事を休める日曜の朝が一番好きだった。料理の方はコックに任せてあるが、予約を受付けたりお金の計算をするのは洋子で、あと数年で五十を迎える体には週にもう一日休みが欲しいところである。

九月も終りに近い日曜日、一週間分の洗濯を終えてソファーに座った洋子は、新聞の地方版を開き、「夏らしくなかった夏の総決算」という特集を読んだ。

デパートや家電の売上げは低調だったし、ビアガーデンは平年の三割減だそうだ。洋子のレストランは毎年夏は客が減るが、気温に左右されることがないだけ気が楽だった。もうすこし涼しくなれば、ステーキにも客が戻ってくるはずだ。

新聞を読み終ると朝風呂《あさぶろ》に入る。何種類かの温泉の素から今日は草津の湯を択《えら》んだ。白い粉を湯の面に撒《ま》くと、たちまち黄緑色の雲が湯の中に湧《わ》き上がった。ミルキーな雲の中に体を沈めながら、先週は玉造温泉だったのを思い出した。草津も玉造温泉も、二十代のころ行った記憶がある。婚約時代だったか新婚のころだったか思い出せない。結婚した男とは五年間共に暮しただけだった。バツイチ、などという便利な言葉がない時代だっただけに、離婚時の気負いは大きく、それががんばりになって仕事の方はうまくいった。

こうして草津や玉造温泉の湯に浸《つか》りながら、そこに旅した昔をたぐり寄せてみるが、何もかもこの湯のようにぼんやりとかすんでいる。二十年の年月で心や体のアンテナがくすんでしまった証拠かもしれない。

寂しくない？　と尋ねられれば、ちっとも、と応《こた》えている。が、ときどき寂しくなる。子供がいればよかったのに、と思う。出来れば女の子がよかった。中年太りはしていないつもりなので、娘とひとつのセーターを貸し借り出来たかもしれない。口紅もだ。

「ちょっと口紅貸してね」

「ママはその色、似合わないわよ。こっちのダークコーラルの方がいいんじゃない？」

などという会話を想像してみる。

「娘さんなの？　信じられないわ、妹さんみたいだもの」

このあたりまで勝手に他人の声をつくりあげたところで、さすがに我身に戻って顔をざぶざぶと洗った。夢を見るのは独り身の自由、日曜の朝風呂の特権である。しかし、この夢の中に男が登場しないのはどうしたことだろうか。まともに口をきいたことのない男であっても、この温泉郷に入れば恋人にだって一夜の伴侶《はんりょ》にだって出来るのに、産みもしない娘と口紅の貸し借りのやりとりをしているなんて馬鹿《ばか》みたいだ、と洋子は自分を嗤《わら》った。

風呂から出てグラスに一杯の牛乳を飲んでいるとき、玄関で耳馴《みみな》れた小さな音がした。バスローブで首の汗をふきながら玄関に行くと、三和土《たたき》に封書が落ちていた。

独り住いの洋子のところに来る郵便物のほとんどはダイレクトメールか通信販売のカタログ類なので、人の気持がこもった手書きの手紙には特別の反応が起きる。そこに生身の人間がいるようなよろこびと緊張の両方が、洋子を真剣な気持にさせるのだが、ことに封筒の上部に速達の赤い印が押されてあると、

何だろう、こわいなあ、

封書が急に重くなったような気がした。

差出人は幸田多恵。

思いあたる人物がいない。レストランの客であればわからないのが当然だが、速達の手紙となると、飲食の苦情かもしれないと、急に気が重くなった。

居間に戻ってハサミを入れた。しかしそれなら、まず電話をかけてくるであろうし、といくらか平静な気持に戻ることが出来たのは、ちらと目に入った、滑らかに流れるような女性の筆跡のせいかもしれなかった。

まず型どおりの時候の挨拶《あいさつ》があって、自分は旧姓松住里子の娘だと名乗っている。

松住里子。この名前なら勿論《もちろん》思い出せる。いや、その名前を聞いたうえでなら、幸田の姓にも記憶の火がともる。

松住里子が結婚して幸田里子になったのは知っている。そしてその娘が幸田多恵。

だが洋子にとっての幸田姓は、女たちに直接結びつかない。幸田といえばまず幸田真一である。里子が子供を産んだとすれば、幸田真一は多恵の父親ということになる。

手紙の差出人に幸田の名があったのに、まるで思いつかなかった。

それも当然で、里子とは三十年近くも接触がなかったのだから、と洋子はまず、年月の遠さにあきれた。早い時期に里子が妊娠したとすれば、その娘は二十五、六か。里子にこんな女らしい、美しい文字が書ける娘がいたのか、と洋子は、ついさっきバスタブの中で夢見た架空の娘とのやりとりなど思い出し、羨《うらやま》しいような複雑な心持ちになった。

——母が亡《な》くなりまして一年が経《た》ちました。三年前に父が亡くなりましたので、これで両方の親を失ってしまいました。父は肺癌《はいがん》でしたが、母は糖尿といくつかの合併症に苦しんだ末、最期《さいご》は呼吸不全を起こし、四十七の若さで死にました。

母の年齢は、洋子さまが一番良く御存知のはずで、母の死がどんなに早かったかについては、同級生の洋子さまが誰よりも深く驚かれたのではないかと思います。

娘の私から見ると、理想的とも言うべき夫婦で、いつも仲が良く、父が病気を得てからの母の心労は大変なものでしたから、多分母は、父を追いかけていったのだろうと考えております。と申しますのも母の糖尿は昔から持病のように続いておりまして、ためつすがめつしながら病気と共に長生きする方法もなくはなかったし、事実父の生前はそのように自らの生命《いのち》も大切にしておりましたのに、父が死んでからは生活に粘りが失《な》くなったと申しますか、自分を惜しむ気持も消えて、亡き父を追う気持が強まったかに見えました。

幸い私も恵まれた結婚をし、母がつけてくれた多恵の名前どおりに、どうにか生きることが出来ております。ですからその点では、母も思い残すことはなかっただろうと考えております。

いまこうして、母の高校時代の友人である洋子さまに手紙を書いておりますのは、ひとつには母の死の報告がございます。しかしもうひとつは、母が死ぬひと月ばかり前、ぽつりとあなたさまの御名前を口にしたのを思い出したからです。

あれは秋のはじめの、心地良い風が渡る晴れた日で、母の病室から大学のグラウンドとキャンパスの入口に広がる堀の水が、清々《すがすが》しく見渡せる午後でした。母は大学病院に入院しておりましたので、気分の良いときはベッドに腰を下し、そこからのグラウンドの眺めをたのしんでおりました。アメリカンフットボールやホッケーの選手が練習しておりましたが、ラグビーの練習がとりわけ面白かったようで、あれは何と呼ぶのでしょうか、練習の終りにみんなが輪になって奇妙な歌をうたったり手拍子を打ったり……毎日のこととなると母は、耳で覚えてしまったようでした。

その日も私が病室に入っていくと、瘦《や》せ衰えた体を蟬の抜け殻のようにベッドの枠に寄り添わせて、ラグビーの短い歌を口ずさんでおりました。歌の最後は、オッショイ、オッショイショイと皆がリズムを合わせて手を叩《たた》くのです。母のかわりに私がオッショイ、オッショイショイとはやしますと、母は久しぶりに子供のような笑顔になり、半白のかたい髪を後で束ねたいかにも病人病人した頭をリズミカルに右左へ振りながら、
「こんなへんなリズム、昔は無かったわよ」

と言います。そういえば早い三拍子が二拍子になったりまた三拍子に戻ったり。しかしそれが体に馴染《なじ》んで心地良いし、アフリカかどこかの原始の匂《にお》いもありながら、とてもモダンな感じもするのです。

私は久しぶりに母と話が出来るのがうれしく、母の疲れを気にしながらでしたが、

「ママの若いころの歌、どんなだったの？」

と訊《たず》ねました。

母は恥かしそうにまた首を振っていましたが、深い呼吸を挟んで言いました。

「パパとママは、新宿にあった『灯《ともしび》』という歌声喫茶で会ったの」

「ともしび？　聞いたことないなあ」

「歌声喫茶って言ってもわからないでしょうけど」

「カラオケみたいなの？」

「ちょっと違う。ロシア民謡とか反戦歌とか、そういうのが多かったわ」

「マイク持って歌うの？」

「リーダーみたいな人がいてね。みんなを指導するのよ。店に来たひとは歌集をもらって、リーダーに合わせて歌うの。トロイカとか、バラが咲いた、とか……労働反戦歌みたいなのも……」

パパがそんな歌を好きだったなんて信じられない、と私は言いました。父はジャズが好きで、病院に入ってからもジーンズをはいていたような人でした。仕事は建設会社でしたがデスクワークが嫌いで、現場ばかりに出向いていましたし、気は若く、母に言わせると万年青年でした。その父と歌声喫茶の組合せがひどくおかしかったのです。

「……それがね、私たちみたいな田舎から出てきた女の子を見つけるために、『灯』に来てたんだって……まんまとひっかかっちゃったわけよ」

母は懐《なつか》しそうにおかしそうに、皺《しわ》だらけになった顔をさらに窄《すぼ》めて笑いました。

「……私たちって？」

「あのとき、同じ高校から上京した友達と一緒だったの……」

こうして初めて、洋子さまのお名前を知ったわけです。

当時のことを洋子さまは覚えておられますか。でしたら父のことも、御記憶にあるのではないでしょうか。

父はどんな青年でした？

いまはもうその父も母もこの世になく、若いころの二人を覚えておられる方も私の近くにはいらっしゃいません。

もしもお返事が頂けるなら、どんなにうれしいでしょう。父と母が出会った当時のこと、何でも結構です。お聞かせ頂ければ幸せに思います。

突然の手紙に驚かれましたでしょう。

報告かたがた余計なことまでお願いいたしましたのは、何だか他人のような気持がしなかったからです。

どうぞ母のぶんまでお元気で。

幸田多恵

洋子は長い手紙を封筒に戻し、テーブルの上に放った。

幸田真一が死に、里子も死んだ。真一は自分や里子より三つ年上だったから生きていれば五十一か。癌年齢だとはいえ早すぎる死だし、里子は元々弱々しいイメージで肌の色は白く体も細かったが、立派に出産と育児を成しとげたことを考えると、四十代後半での死はやはり理不尽このうえない気がする。

真一は手紙にあるように万年青年だったと思われる。死ぬまでジーンズをはいていたのも、想像が出来た。

だが、その後のことは知らないが、洋子や里子と出会ったころの真一は、多恵が思い描いている青年とは少々違っていた。娘は父親の青春時代を憧《あこが》れのベールで飾りたがるらしい。娘を持たない洋子だが、自分の娘時代を思い出してみてもそう思う。要するに真一は、遊び相手をもとめて「灯」に出入りしていたわけだし、もっと極めた言い方をするならば餌食《えじき》を探しに、と言うこともできる。

餌食？

洋子は自虐《じぎゃく》的な意味をこめてこの言葉を反芻《はんすう》して小さく笑った。里子は最後まで知らなかったが、この私も餌食になったのだ——

自虐的になってみるものの、さほどの痛みはない。洋子にしても本気で真一を好きだったのかどうか、いまとなってはこころもとないのだから。

ただ、東京に出てきて初めて出会った大人の男であり、コーデュロイのパンツ姿、彫りの深い目鼻立ちでぼそぼそと呟《つぶや》くように話す態度はなんとなく知的で、手にはいつもむつかしい本を抱えている男に、強烈な都会の魅力を感じたのは確かだった。

いまも当時真一が抱えていた本は覚えている。というのはすぐさま自分もその本を買って読んだのだから。

ル・クレジオの「調書」、吉本隆明《よしもとたかあき》の「擬制の終焉《しゅうえん》」、マンディアルグ「オートバイ」、埴谷雄高《はにやゆたか》「存在の探求」、などなど。

どれもまだ、洋子の本棚の片隅に置かれている。中身はみんな忘れた。あれらの本は当時の流行だったのだろうか。それとも休みの日に新宿の「灯」で、トロイカなどを歌っている上京したての女子学生たちをナンパするのに、これらの本が武器になることを知っていたのだろうか。

最初彼は、

「ここ、いい？」

と言って洋子たちのテーブルに来ると、重そうに本を置いた。そして四、五曲聞いたり歌ったりしたあと、

「ねえ、ジャズやってる面白いところがあるから行ってみない？」

と誘ったのだった。

新宿のどのあたりだったか忘れたが、「ピット・イン」とかいう汚ない店に入り、そこでコルトレーンやチャーリー・パーカーや、マイルス・デイビスを聞いた。

「あっ、ちより面白いだろ？」

だったらなぜ彼は「灯」なんぞに現われたのか。いま思い返すと舞台裏が丸見えだが、

そんなことは洋子にも里子にもわからなかった。

洋子は真一にぼうっとなったが、里子はそれ以上だった。そのために洋子は、自分の気持を押さえこんだ。関心はあるけれど醒《さ》めた目で見ているふうを装《よそお》った。実際洋子は、憧れと同時に真一のいい加減さ、調子の良さにどこかで警戒していたのも事実である。

だが真一が択んだのは洋子だった。ある夜真一は洋子の下宿を訪ねてきた。少し酔っていた。外に待たせておいて洋子が出ていくと、道の真中でいきなりキスされた。そこから先の彼の口説き方は甘えによく似ていて、今夜どこにも帰るところがない、君と一緒にいたい、の一点張りで、なぜ家に帰れないのかと問うと、シャガクドウの連中が五人も逃げこんで来ている、と言うのだった。逃げこんで来ている、という意味はわからなかった。歩きつかれて、いつのまにかホテル街に来ていた。

それから四、五回、里子に知られないように真一と関係をもったがホテル代はいつも洋子が出した。そういうことが平気な男だった。

真一は洋子にとって初めての男だったが、会うたびに最初に感じた危惧《きぐ》のようなものが当っているのがわかってきた。都会生活に馴《な》れていくにつれ、真一への憧れも冷めてきたというわけだ。ある夜二人が安いカウンターバーで飲んでいるとき「灯」のレジで働いている女の子から声を掛けられ、そのときの真一の対応ぶりが何度か顔を合わせた間柄らしかったことから、不信感が大きくなった。問い詰めたところ、これまでも「灯」で女の子を「ひっかけた」ことがあったと真正面から洋子を見て言った。

「しかし君は別だ。初めての恋だよ」

信じられる情態ではなく、洋子が振るかたちで真一とは終りになった。すべては里子と「灯」にでかけて数カ月間の出来事だった。

里子と顔を合わすのも気まずく、幸い大学も別だし、お互い東京にも馴れてきたので、休日に会うこともなくなった。

里子が真一とつき合っているのを知ったのはその年の冬休みで、結婚するつもりだという。

洋子の驚きは大きかった。洋子に振られた後、あてつけのように里子に近づいたのかと想像したが、なんと洋子と同じ時期に里子とも関係を持っていたのだ。

だが洋子は何も言わなかった。里子は恋の勝利者のように喜んでいたし、それを見ているうち洋子の方にも意地悪い気持が生れていた。

勝手にすればいい。里子は真一を信じているが、自分とのことを話せば一瞬のうちに無残に潰《つぶ》れる幸福である。もしかしたら真一も、それを望んでいるのかもしれない。里子も適当に遊ばれているのだ。

実は私もよ、のひとことを洋子が呑《の》みこんだ理由はさまざまあるが、ひとつは万一真一と里子が本気で恋愛し、結婚するつもりになっているとしたら、余計なことを言って恥をかくのは自分だと思ったからだった。

あんないい加減な男、と思っていた。しかし自分にはプロポーズしなかったのに、里子にはしたのだろう。でなければ里子から結婚などという言葉が出てくるはずがない。だとすれば自分への当てつけではなく、真剣だとも考えられる。

洋子の自尊心は激しく傷ついたが、真一とのことを里子に伝えるのは、里子の恋が終ってからでも遅くはないだろうと考えて、その冬は黙っていた。

数年ののち、あのとき黙っていてよかったと思うなりゆきになった。洋子のところにではないが同級生のところに、幸田里子の名前で年賀状が届いたのだ。

里子とはそれきり何の連絡もとり合っていない。洋子も結婚し、同級生とのつき合いも三十代半ばまで絶えていたし、里子のその後を知る人もいなかった。

ただ洋子はこう考えている。

真一と里子はどういう経過をたどったか知らないが結婚した。そして里子は、それを真一が話したかどうかわからないが、夫と洋子のあいだに何かがあったことを疑っていたのだろうと。あるいはきっぱりと告白されたのかもしれない。いずれにしても洋子に連絡をとりたくない心情が続いていたのだと想像がつく。

しかし――

死ぬ一カ月前に娘に、「灯」の話をしたのだ。そして自分の名前を口にしたのである。

洋子の気持は、幸田多恵の手紙を読み終えて小一時間も経《た》つのに落着かない。

真一との結婚を、短い人生とは言いながら最後まで全うし、しっかりした娘をこの世に残したという自信が、当時のことを口にさせたのだろうか。それとも里子は、何も知らないまま真一を信じ愛し続け、一生を終えるにあたって懐しい日々のことを娘に話してきかせただけだろうか。

そこのところは娘の多恵に訊《き》いてもわかるはずがない。いずれにしても多恵にとっては、この文中にあるように、理想的な夫婦であったのだろうから。

多恵の住所は、東京から遠く離れている。里子はどこで死んだのか。あのまま東京にいたのかどうかもわからないし、多恵は嫁ぎ先から手紙をよこした可能性もあるので、訪ねて真一や里子のその後について訊くことも出来ない。多恵が結婚した後も幸田姓なのは不思議だが、最近はそういう女性も増えているらしい。

洋子が多恵に返事を書いたのは次の日曜日だった。一週間のあいだに、すっかり忘れていたはたちそこそこの日々の断片を、いくつか思い出すことに成功していた。しかし

「灯」の店内がどうなっていたか、どうしても思い出せなかった。現在の西武新宿駅の

近くにあったその歌声喫茶は、電車からもビルの壁に貼《は》りついた「灯」の看板は目につ

いたし、たしか階段を上がっていって店に入ったような気がするのだが……

──多恵さん、お手紙ありがとうございます。里子さんが亡《な》くなったなんて、そして

お父様の真一さんもすでにこの世にいらっしゃらないなんて、とても信じられません。

何度もお手紙を読み返し、こんなことが人生にはあるんだなあ、と深い悲しみでいっぱ

いです。

お母様があなたに「灯」の話をなさったと知り、私も遠く置き忘れてきた日々にしば

し浸ることが出来ました。懐しい風景が目の前に浮かびます。「灯」のコーヒーがいく

らだったか、思い出そうとしたのですがまるで見当もつきません。オーシャンバーでは

一杯百円のカクテルが飲めた時代です。フーテンがヒッピーと呼び方を変え、サイモン

とガーファンクルやビートルズが大流行していました。

お母様と私は高校時代とくに仲が良かったわけではありませんが、偶々《たまたま》同じ列車で上

京してきたのです。四月五月の光まぶしい東京は、見るものすべてが珍しくもあり、怖

くもありましたので、二人一緒ならすこしは心強いと、休みのたびに誘い合わせて新宿

あたりに出かけておりました。ですからお母様のお話どおり、お父様とお母様が「灯」で出会われた折にも傍に私がおりました。

ええと、当時のお父上のことが知りたいとか……そうですね、素敵な方でしたよ。そのときもむつかしい本を抱えておられ、いかにも理想家で理論家といった風情《ふぜい》、だからといってお喋《しゃべ》りではなく、お考えを沢山胸の中に溜《た》めこんでおられたのではないでしょうか。

瘦《や》せて背が高く、目の光が強い方だったという印象があります。もしかしたら多恵さんも、そんな目をなさっているのではないかしら。

理想家というのはえてして強引でもあるわけで、幸田真一さんもまたかなり強引な方でした。そしてお母様をかっさらって行かれたわけです。

その後お互いの生活が忙しくなり、お会いすることもなくなりましたが、真一さんは建設会社に入られ、里子さんもお幸せな結婚生活を送られたわけですね。

私はといえば大学を卒業してすぐに結婚しましたが五年で離婚、その後はもう誰かと一緒に暮すのも面倒になり、いまは独りでアメリカンレストランを経営しています。アメリカ料理といっても南部のニューオーリンズに伝わるケイジャンです。勿論《もちろん》ステーキもスペアリブも出します。

いちどお遊びに見えませんか？
あなたのお住いはちょっと遠くですが、こちらに来られた折は顔を覗《のぞ》かせて、またお母様の話を聞かせて下さい。どうぞ御両親の分までお元気で。

洋子

さしさわりのない、娘の両親への思いを傷つけることのない手紙を書いて出した。これでもう、里子のことも真一のことも忘れるつもりだった。ところがそれから五日ばかりして、多恵からまた、手紙が来たのである。しかも前回と同じように、速達でだった。

――お返事下さってありがとうございます。何だか父の若いころの姿が恰好《かっこう》よすぎて、きっと洋子さまが遺《のこ》された娘に気をつかっておられるのだ、このお手紙を父が読んだら照れて困ってしまうのではないかと想像しました。

でも御心配には及びません。私も母と洋子さまが上京してこられた年齢をとうに過ぎて、私なりに青春の甘さも残酷さも経験いたしました。

両親が死んでしまって最近つくづく思うのは、父と母は果してどんな男や女として結ばれていたのだろうということです。

先の手紙で、理想的な夫婦だったと申しました。娘からは確かにそう見えましたし、両親もそう在りたいと思い続けたことでしょう。しかし娘の目にそう映ったぶんだけ、実際には別の姿が……私の目を裏切るような何かが隠されていたのではないか、と思いはじめたのです。

それが何なのか、うまく言えません。

先の手紙では、私の勘というより妄想に近いものをぶつけて、洋子さまの気持を害しては何にもならないと考え、記さなかったことがあります。

病室の窓から外を見ながら、母が「灯」の話をした折のことです。母は父と出会ったときの懐《なつか》しい記憶を、私に話しておこうと考えたのではなかったのです。

実はあのとき、母の顔はとても苦しげだったのです。眉間《みけん》に皺《しわ》を寄せ、前の晩からひとつの思いにとりつかれたように、憔悴《しょうすい》してベッドの枠に寄りかかっていたらしいのです。

母はもともと、ひとつの疑問や悩みに取りつかれると、それをひとまず措《お》いておいて別のもので気持をまぎらすということが出来ないたちでした。

「多恵ちゃん……」

暗い声で話しかけました。

「私……死ぬまえに、ひとつだけ知りたいことがある……」

死ぬまえに、なんて嫌な言い方をしないでよ、と私は笑いましたが母は表情を崩さず、視線を手元の一点に結びつけたままで、

「だって、気になって仕方ないのよ……パパが生きてるうちに確かめておきたかったんだけど、あのひとが死んじゃったらどうにもならないことなの……」

とぼそぼそ言います。

一体何のことよ、と尋ね返すと、自分の思いつめていることが、どうでもいい、取るに足らぬことだと突然気がついたように、

「いいの、もう、パパは死んじゃったんだし」

と、ことさらにさばさばとした口調になるのですが、それがまた母のこだわりの大きさを示してもいましたので、

「気にかかることがあったら何でも言ってみたら？　言っちゃえば気がすむってこともあるんだから」

と言いますと、うん、と言ったきり俯《うつむ》いているのです。

「……笑わないでね」

「笑いません」

それから母が話したのは、あなたのことでした。父は母と結婚する前、あなたと関係があったのではないかと、ずっと長いあいだ気にかかっていたというのです。

どうして父に尋ねなかったのか、と言うと、怖くて訊けなかった、と応《こた》えました。

私は困ってしまいました。父が死んでしまった以上、確かめようもありませんし、第一、三十年近くも昔の話です。

洋子さまが先の手紙で、いまは独身だと知りましたので、こんな失礼なこともお聞き流し頂きたいのですが、もしも万一、結婚前の父と洋子さまの間に何かがあったとしても、それは父と母には何の関係もないことですし、時間の風化で、ほとんど意味のない出来事と化しているに違いありません。

私は父の娘として、父の結婚前に何があったかなかったかということより、母がいまごろそんなことを言い出したのに驚きました。母が長い結婚生活のあいだ中、その疑問を抱え続け、こだわり続けていたのは、母の性格に問題があるにしても、父と母の結婚生活が、娘の目に映るほど幸せではなかったのかもしれない、とふと考えたのです。

私はしかし、母の体を抱えこんで言いました。

「死んじゃった人というのは、元々は沢山の面を持っていたのに、しだいに一定の枠に収められてしまうものなのよ。生きているときは、こんな人、と思いこんでいても、家に帰ってくるなり別の顔を見せられて、昼間考えていたのは間違いだったかもしれないって、修正したりする。ひとつのパターンに収められそうになると、生きている本人が次々にそのイメージを裏切ったりくつがえしたりするものなの。だって実際、生身の人間て、複雑で曖昧《あいまい》な、多面体なんですもの。でも死んじゃったら、そのときからイメージが固定化していくの。そして彼の生前の出来事や行為や言葉っていうものが、ひとつの色で染められ、定着していってしまうのよね。

とても悲しいことだけど、死ぬってそういうことだと思う。

だからいまママが考えていること、疑問に思うことだって、もしもパパが生きていれば、たちまち疑問そのものを吹きとばしてくれるんだと思う。あるいは、考える価値のない、どうでもいいことだって教えてくれるはずなの。

私ではその役目はつとまらないけど、疑問は疑問として大事に抱えていたらどうかしら。だって、いつかあの世に行ったとき、パパを問いつめる材料を、ひとつぐらい持ってた方がたのしいじゃないの。

その程度のことなのよ、ママの心配は。だってパパは、こうしてママと結婚し、私が生れ、死ぬまでママと幸せに暮してきたんだから、あの世でパパを問いつめたって、パパだって忘れてるかもしれないわよ」

私が乾いた明るい声でそう言うと、母も少し元気になって、

「……病気になって、こんな狭い部屋に寝たり起きたりしていると、過去のことばかり洗い直してしまう。困ったものね」

と弱々しく笑いました。

それきりです、その件は。母はもう、父とあなたのことを死ぬまで何も言いませんでした。

母が死んで一年。同じ季節が巡ってきて、ふとあの折の母を思い出し、あなたに連絡をとってみる気になったのです。

まったくあのとき母に言ったとおり、父の結婚前のことなど、どうでもいいことです。しかしこの私も、母の血を受け継いでいるのでしょうか、母のように、解かれない小さな謎《なぞ》を抱えていると、何だか必要以上に気になるのです。いえ、母の疑問を私の疑問にすることで私は、母を懐しみ、母を感じているのかもしれません。

父は一体、母と会う前に母の友人と何があったのか……母がそんな疑問を持つについては、それなりに理由があったのか、それともまるで彼女の一方的な妄想であったのか……

私にとっては深刻な疑問ではありません。しかしどうでもいいからこそ、覗いてみた

いような心境なのです。

洋子さまの手紙を受け取って、ざっくばらんな気持のいい方だと感じましたので、ちょっとお尋ねしてみる気になったのです。

父は結婚前、どんな男でした？　母を心から愛しておりましたかしら。そして洋子さまとの関係は、母が病いの中で紡《つむ》ぎあげた妄想だったのでしょうか。それとも、母の勘はあたっていたのでしょうか。

つまらないことを訊《き》かないでくれ、とお怒りにならないで下さい。もし、御気分を害されましたら、どうぞこの手紙を、お捨て下さい。両親の過去にまで首をつっこむ、ちょっと変った面白い娘に、昔話でもしてやろうかというお気持になられましたら、その昔話とやらを、お聞かせ頂けませんでしょうか。

この手紙を受けとったとき、洋子は子供のころ飼っていた金魚を思い出した。

祭りの夜店かなにかで買ってもらった金魚だったと思うが、長くもないいのちだと大人たちは思うらしく金魚鉢も買ってはもらえず、白いどんぶり鉢のようなものに水をはって入れておいた。

餌《えさ》を与え水を替えてやると、金魚は思いがけず長く生きているのだった。

それでもある日学校から帰って覗きこむと、金魚は白い腹を見せて浮かんでいた。台所の流し台にどんぶりごと運び、少しずつ水をこぼして金魚の死体を取り出そうとしたが手がすべってしまって、鉢がひっくり返った。

そのときだ。白い腹を見せていた金魚が突然身を躍らせて、鉢の水といっしょに暗い排水口に流れ落ちていったのである。

あれは驚きというより一瞬の恐怖だった。

排水口はどこに繋《つな》がっているのかわからなかったが、金魚が生きていける場所とは思えなかったし、かといって死を確信することも出来ないのだった。

白い腹を見せて浮かんだ金魚は、手で触るのが気持悪かった。自分の薄情さに、しっぺ返しされた気がした。生きているものを殺した後味の悪さばかりでなく、いったん死んだものが蘇《よみがえ》ってひと踊りしたような、理屈の通らない挑戦を受けたような気にもなった。

友人の死を報告するだけの、さりげなくひかえめな手紙が、ひと往復してくると、過去を問いつめるような、切実な色あいに変っている。死者を死者として哀れんでいると、死者が生き返ってしまったような、あぶなっかしい気持にさせられるのだ。

多恵の手紙にはくり返し、もし話したい気持がおありなら、と念を押し、押しつけがましくならないように気を配ってはあるけれど、どこかに膝《ひざ》をにじり寄せてくるような真剣な気配がこめられているので、洋子は途方にくれたのだった。

真一は自分とも肉体の関係があったと同じように、おそらく「灯」にやってきたほかの女子大生とも、性的な繫がりをもったはずである。

「灯」とはまさに言いえて妙なりで、地方から上京した女の子たちを、誘蛾灯《ゆうがとう》のように魅《ひ》き寄せる力をもっていたし、いまの新宿にはない、屈折した健全さや野暮ったい明るさに満ちた場所だったのを、あらためて思い出した。

こうしたことをいまさら娘が知ったとしても、父親や母親の姿を傷つけることにはならないだろうと思うものの、話したところで一体誰の得になるのだ、とも考える。それに死ぬ前の里子が、自分と夫の過去を疑って悩んでいた話はやはりこたえた。結婚し子供を持ち、充分な絆《きずな》で結ばれているかに見えても、心が弱ってくれば記憶の中の小さな穴が、足元を崩す大きさにまで見えてきて、その穴に怯《おび》えなくてはならないのは、想像してみても辛《つら》い。死者はもう、怯えることもないわけだが、娘もどうやら母親の気質を受け継いでいるのが感じられてきたので、二日間放っておいたが、今度こそ死者とともに幸田真一や里子や「灯」の記憶を葬《ほうむ》るつもりで、うんと短い手紙を書いた。

その七、八行の手紙は、嘘《うそ》がどこからもこぼれ出さないように、いかにも明快なものになった。あなたの父上幸田真一さんとは、何の恋愛関係もなかった、真一さんはなかなかのハンサムで素敵ではあったけれど、自分とは無縁の方であったと、里子のこだわりに大袈裟《おおげさ》に驚きながら、いっきに書き終えた。宛名《あてな》を記し、読み返さず、ハンドバッグに放りこんだ。

死者とともに過去の記憶も死ぬ。人間の生死に関わりなく、つまり記憶の存在不存在などに関係なく、大きい歴史も個人の歴史も過ぎ去った時間の中に厳に在るのだ、という考え方は科学的でわかりやすいけれど、本当にそうだろうかとふと疑いたくなった。信長や家康がいまどこに存在しているかと言えば、現在を生きている人間の大脳の中なのであって、人類の大脳がこの世から消えれば、信長や家康について書かれた本や記述は単なる紙のしみと化してしまうのである。たった二十数年前の「灯」という店にしても、その店にまつわる出来事にしても、それを記憶する人間がいなくなれば、消えてしまうのだ。消えてしまった方がいいのであれば、そうするまでだ。

レストランに出る前、バス停でこの手紙をポストに入れた。薄い封筒は、音もなく赤い箱に吸いこまれていった。

それきり幸田多恵から手紙は来ず、洋子は高校時代の友人の死さえも忘れていた。中高年の健康に関するテレビ番組や新聞記事を目にするときだけ、死んだ同年の友人をちらと思い出すことはあったけれど。

ところが半年ばかり経《た》った初夏のこと、郷里に住んでいる高校時代の友人から、母校の体育館を建て直すための募金を頼む手紙が来たその中に、思いがけないことが書かれてあったのだ。

――松住里子さんを覚えておられますか？　たしか貴女《あなた》と一緒に東京へ出られて、一時おつきあいがあったと聞いていますが……彼女が去年の暮、亡《な》くなったそうなんです。お妹さんの話によると、いちど御結婚されたけれどすぐに離婚され、ずっとひとり暮しだったそうです。妹さんの近くにアパートを借りておられたけれど最後のころは入退院の繰り返しだったようです。本当にお気の毒なことです。

同級生ともおつきあいのない方だったので、偶然にも私の知り合いが彼女の妹さんと町でばったり会わなければ、知らないままだったと思います。うかうかしておられませんね。私達もそんな年齢になりつつあるということです。私のように子供の受験に追いまくられている女は、いまのところ病魔も避けて通ってくれますが、あなたや里子さんのように、亭主や子供に縛られない自由な身分の人は、特に健康には気をつけて下さいね……

そんな文面だったので、何だかキツネに騙《だま》されているような、初めて聞く歌をこれがあなたの得意な歌でしたね、と念を押されたような行き違いの感覚が、まず起こった。

いやそんなはずはない、と洋子は郷里の友人から来た手紙に言ったが、手紙は堂々とそこに転がったままなので、古い手帳から友人の電話番号を引っぱり出してきて、受話器を持ち上げた。

友人はうまく家に居合わせてくれたので、久々に高校時代の気分に戻って挨拶《あいさつ》を交わしたあと、里子のことを尋ねた。

結婚して娘さんがいたはずだ、と言うと、それは人違いで、松住里子は手紙に書いたとおり、離婚後はひとりぐらしで子供もいないのだと言う。

納得できない洋子は、手紙の内容は伏せたままで、娘の多恵から手紙が来たことを伝えると、一体どういうことかしら、隠し子でもいたってこと？　とけげんな声になった。

里子の妹の電話番号なら、数日中に調べて教えることが出来るというので頼んだ。

その番号が電話で知らされたのは、五月末の日曜の夕方だった。ベランダの外に立つ青桐《あおぎり》の葉が、昼あたりから降り出した雨の、雨滴を受けて手招きしているように見えるのを、受話器を耳にあてたまま眺めていた。番号をメモしたものの、里子が追及しないでくれと哀願しているような気になり、この番号をさてどうしたものかと一瞬迷ったが、やはり指が順番にプッシュボタンを押しているのだった。

里子の妹は、その声から性格がそっくりわかるような、さばさばとした声で、

「あら、姉のお友達の戸田洋子さん？　お名前を聞いたことがあったかもしれませんが、ごめんなさい、どんな御用事ですか」

と言った。

洋子はどう説明したものかと戸惑ったが、まず里子に子供がいたのかどうかを尋ねた。

「いませんでした。いちど結婚しましたけれど……」

「結婚なさった相手は、幸田さんですね？」

「よく御存知ですね、幸田という人と結婚しましたけれど、二年で別れたんですよ」

そのあたりをもうすこし詳しく尋ねると、どうやら親に祝福された結婚ではなく、妹も幸田とは一、二度会ったきりで、家族同士のつき合いもせぬまま、別れたというのだ。

「……では、幸田真一さんは、いまは」

「さあ、どうしてるか、姉も知らなかったと思いますよ。おたくは東京でのお友達ですか？」

と急にうさんくさげな態度になったので、慌《あわ》てて郷里の高校の同級生だと言い直す。

話に詰まったので、いのちの最後のあたりについて尋ねると、離婚後二十数年間勤めていた眼鏡店の給料や退職金がかなり貯金されてあったので、身内に迷惑をかけることもなく、闘病生活を送ることが出来たという。大学病院で死にたくない、自分のアパートで死にたいというので、妹は姉の希《ねが》いを叶《かな》えてやった。近くに住んでいるとは言っても、姉の死を看取《みと》るのは大変だったらしい。

「……すると里子さんは、松住姓に戻っておられたのですね」

「いえ、幸田姓のままでした。その方が何かと便利だとか申しまして……でも姉の本当の気持はわかりません。別れた夫に未練があったのかもしれませんし」

妹の口調では、幸田姓のままだったことに批判的なようだ。

「……幸田多恵さんというお名前に、御記憶はありませんか？　そちらの住所で」

「姉はひとり住いでしたが、もしかしたら多恵という名前で、歌を詠《よ》んでいたかもしれません。多分、そうだと思います。でもなぜですか？」

洋子の唇は震えている。洋子の手紙を受け取ったのは、里子自身だったのだ。

「……お姉さんが入院されていたとき、病室から大学のグラウンドが見渡せましたか」

「……はい、確かにグラウンドが……」

今度は相手の声が蒼《あお》ざめている。見知らぬ相手がそんなことを知っているはずはないのだ。

「戸田洋子さん、とおっしゃいましたね。もしかしたら、姉のところにお手紙を下さった方ではありませんか？」

「ええ……幸田多恵さんに、いえ、里子さんに、手紙を書いたことがあります。お姉さまは私の手紙を、あなたにお見せになりました？」

「いいえ、姉は離婚してから内にこもる性格が強くなりまして、妹の私にも心を打明けたりしませんでした。どういうことなんでしょう。姉はなにか、戸田さんに御迷惑をかけたのでしょうか」

「いいえ、そんなことではありません。お姉さまはちょっと夢を見ておられて、私がその夢におつき合いしたというだけのことです」

「夢、といいますと」

多恵という娘がいる夢だ、と言おうとしてやめた。何も知らせる必要はないのだ。洋子が幸田多恵宛に書いた手紙は、里子が死ぬ前に始末されているだろうし、里子が見た夢の痕跡はどこにも残されていないはずだった。

いぶかる相手を強引に封じこめ、何でもないのだと安心させ電話を切ると、雨は一段と強くなっており、桐の葉の動きもせわしない。

洋子は窓ぎわに立って、その桐に向かって囁《ささや》く。

……実は私もときどき同じ夢を見るの……お風呂《ふろ》に入ってね……産みもしない娘と口紅やブラウスを貸し借りしたり、ときには喧嘩《けんか》もね……

囁きは雨音に掻《か》き消された。自分の死期を知って、真一と洋子の関係をどうしても知っておきたかった里子の執着に、胸が塞《ふさ》がれている。里子は多恵に、両親は理想的な夫婦で幸せな結婚生活だったと書かせた。二番目の手紙では、その幸せにも陰の部分があったことを匂《にお》わせたが、里子は洋子に、そして洋子以上に自分自身に、思い描いた夢を信じさせたかったのだろう。

洋子の体に、つめたい汗が溢《あふ》れ出した。嘘をつき通してよかった、真一との間に何もなかったと、あのとき言い切ってよかった、と思った。

気にもとめず歩いてきた道を振り返ると崖《がけ》っぷちの細い悪路で、足を滑らさなかったのが奇跡のような、ぞっとする思いが身を縛っている。洋子は汗をかきながら身震いした。

多恵の名は、里子の気持を考えるとあまりに切ない。しかし多恵とはなるほどいい名前だと思った。そして洋子は、自分の夢想の中の娘に、この名前を貰《もら》おうと思った。

戸田洋子の娘、戸田多恵。どんな娘だか、まだ姿かたちは定まっていないが、その名前だけが、桐の葉のうすい闇《やみ》のあたりに、ぽつんと灯っている。すると同じひとつのともしびを、里子とふたりで眺めているような、やさしい気持がやってきた。

玉子

「こちらは空《あ》いておりますか」

と老人が言ったとき、米屋佐代は、ええ、と無表情に応《こた》えて、また窓を見た。

列車は有明海に出たらしく、鈍い水の色が広がる手前を、雑草に覆《おお》われた土手が流れていく。土手の草は視界を流れるままに灰色のひとかたまりとなっていて、とき折そこに白い立て札のようなものも混じっている。突然人間の姿が行き過ぎる。男か女かも判《わか》らぬ早さで視界から消えたが、黄色いシャツを着ていた。

佐代はもう三十分も、同じ姿勢で窓の外を見続けていた。移り変る景色に目を預けていながら、そこからは何も入ってこないのだから、佐代の目は映像を受けとめるだけのスクリーンのようなものなのかもしれない。

老人は小学校へ上がるか上がらないかの女の子を伴っていて、窓側のシートに彼女を腰かけさせた。

少女は佐代と向い合わせになり、無表情な丸い目をじっと佐代にあてている。佐代の隣は空いたままだ。佐代は少女のつめたい表情から、自分の硬い強張《こわば》りを感じとり、無理をして笑いかけた。それでも少女の反応がないので、ふたたび窓の外に目を預け、ゆっくりと息を吐いた。

雲の切れ目から西陽が射《さ》してきて、あたりが炎に包まれたように燃えていた。窓の下の手すりに置いた手は赤黒く翳《かげ》り、列車に乗る前にホームで買ったお茶も、半透明なプラスチック容器が赤紫色の影を落としている。

佐代の手の甲には羽虫を乗せたような老人斑《はん》が浮き出し、それが盛り上がっていまにも動き出しそうに見えた。

やがてこの手も、この手にとまる羽虫たちも、火に焼かれて失《な》くなるのだと思った。佐代は数時間前に焼かれて白い灰になった妹の手を思い出そうとした。佐代と違って、美容にも気をつけていた妹は、皺《しわ》やシミのないふっくらとした肌を保っていた。手の甲にしても自分よりずっと美しかったはずだ。

八カ月前に卵巣に癌《がん》が発見され、夫や娘たちは患者に事実を伝えた。列車で数時間のところに住んでいる佐代も、この間二週間にいちどの割合で妹を見舞った。

最後の一ヵ月は病院から自宅に戻り、家族に看病されて死んだ。

痛みに苦しんだのは一週間だけで、骨より内臓の方に転移が進んだのが幸いだった。何カ月も痛みにのたうちまわり、骸骨《がいこつ》のようになり果てた後にしか死ぬことも出来なかった友人も、佐代は知っているので、苦しみの時間が一週間で済んだのを、正直ほっとしている。

それでも痛みに襲われた妹は、姉の手を摑《つか》んでこう言った。

「……何かを呪《のろ》いたくなるわ……人生の最後に、それだけはしたくないのに……」

朽ち果てた体は水気を失った老木のようにあちこちがごつごつと盛り上がっていた。あのやわらかかった肉や皮膚を焼くのは辛《つら》いが、この老木はもはや妹ではないのだと、自分に言いきかせた。それなのにいまは乾いた小さな体ばかりが頭を占領していて、本来の妹の姿が思い出せない。今朝の葬儀とそれに続く火葬は、三日前からの昼夜もないような緊張にとどめを刺すような強烈な出来事だったので、生前の妹を思い出す余裕もないのである。

この三日間で眠ったのは合計八時間足らず、このままもう一泊しても眠れるとは思えず、妹の娘たちが引きとめるのを振り切って列車に乗った。列車に乗ればすぐに眠りこけてしまうだろうと思ったのに、いっこうに睡魔が襲ってこない。睡魔はたしかにすぐ近くに群れ集まって来ている。佐代の体から一メートルばかり離れたところで、佐代を取り囲んで列車の音を遮《さえぎ》り、視界さえおぼろに霞《かす》ませているけれど、ひと息に佐代を呑《の》みこんでくれるわけでもない。

太陽はさらに傾き、赤黒い光が濃くなったようだ。

ふと目を戻すと、少女の目とぶつかった。佐代は思わず体を後に退《ひ》き、顎《あご》を咽《のど》に押しつけていた。少女の表情は、先ほどと少しも変らず、まるで人形のように目を見開いているが、その目はまぎれもなく佐代に向けられていて、奥の方からかすかに意志が漂い流れてくる。それはすこしも少女らしくなく、どこか佐代を見下したように超然としていて、注意深く観察すると、とき折ゆっくりと半眼になるのだが、その半眼のときにこちらを馬鹿《ばか》にしたような、哀れむような気配が見えるのだ。

佐代はもう愛想笑いをしなかった。少女が無愛想なら、こちらも疲れているのだから相手をしなくてすむと考え目を閉じた。

「腹がへったただろう。これからが大仕事だけどな」

老人の声にはっとなって薄目を開けると、老人は少女に話しかけているらしい。少女にばかり気を取られていたが、老人の目も少女のように大きく、くるくるとよく動く。額が広く、眉《まゆ》のあたりが前へ張り出しているのも少女そっくりだが、頬骨は老人の方が高く見えるのは痩《や》せているからだろう。入れ歯と思われる前歯が青白く、褐色にくすんだ顔色と不釣合いなうえ、声を出さないときにも口を半分開けて息をする様子が、ふと臨終間近の妹を思い出させた。

薄目のまま少女を見ると、佐代から離した視線を自分の膝《ひざ》に置いている以外、ずっと同じ顔をしている。

「腹がへったか」

老人は孫のような彼女の耳元に、湿った口をつけるようにして言った。その声は意外にも大きく怒ったようだったので、佐代は通路のむこうの席に目をやったが、若い男女には聞こえないようだった。

老人の声に少女はわずかに首を横に振って応えた。老人と少女は喧嘩《けんか》でもしているのかもしれないと佐代は考えた。年齢は大きくかけ離れているのに、少女は幼さのかわりに老人を突き放すようなつめたい仮面を身につけており、呼吸さえ感じさせないほど物静かだ。一方老人の方は少女に奉仕する男のように卑屈で落着きがない。先ほどからビニールのボストンバッグのファスナーを開けて中を覗《のぞ》きこんだり閉じたりしているが、中から何かを取り出すのをためらっているようなのだ。それも斜め向いの席に座る佐代を気にしてというより、孫娘に気をつかっているかんじがして、佐代は、出すなら早く出せばいいのに、と苛立《いらだ》った。

それにしてもこの少女は、どこかふつうの女の子とは違う。

佐代はいま六十七歳で、自分が還暦を迎えたとき、妹にも初めて女の子の孫が生れた。年恰好《かっこう》はその子に似ているけれど、六、七歳の子供というのはいっときもじっとしてはおらず、今日の葬儀のあいだもお経に退屈して母親にしなだれかかって叱《しか》られていた。

そこへいくと目の前の少女は、大人びたうつろな目とへの字につぐんだ口が、深い怒りやかなしみをたたえているように見え、案外年齢はもっと上なのかもしれないと思う。

奇妙な感じを与えるのは表情だけでなく髪型のせいもある。顔の真中で左右に分けた髪を耳の後でそれぞれ三つ編みにして先を黄色いゴムで止めているが、前髪も一緒にひっつめているので、おでこの広さが強調され、子供らしさが失われている。しかし着ているのは襟とスカートの裾《すそ》にフリルのついたワンピースで、それも薄汚れていて、佐代はふと、捨てられた西洋人形を想像した。育ちざかりのこの年齢の子には、Tシャツの方が似合うし、フリルのついたワンピースを着せるなら、もっと清潔にするべきだと老人に腹が立ってきた。少女に母親はおらず、老人に育てられているのだろうか。佐代は目の前の二人を鬱陶《うっとう》しく感じながらも余計な推測をしてしまう。

老人はついに、ボストンバッグからビニールの包みを取り出し、白い液体の入ったペットボトルを脇《わき》に置いた。ミネラルウォーターの入っていたペットボトルだが、貼《は》りつけられた紙は汚れ、長いこと使い続けられたものとわかるへこみが、あちこちについている。

老人の長い指が、その蓋《ふた》を回した瞬間、異様な臭気がたちこめた。焼酎《しょうちゅう》のにおいだということはわかるが、くすりのような薬草のようなにおいもそれに加わっている。

佐代は目を開けて、抗議でもするように老人を見た。老人は下を向いたまま紙コップに注いでひと息に飲み、さらに注ぎ足して座席のシートの隅に置いた。通路を挟んだところの男女が、この匂《にお》いに反応したかに見えたが、それは後の車輛《しゃりょう》から移ってきた中年男に目が移っただけで、佐代たちには相変らず無関心なままだった。

佐代は妹と違って生涯独身できたので、男の酒の相手をしたことなどこの十年間記憶にもなく、自分でも酒は駄目だと決めこんでいるので、親戚《しんせき》の冠婚葬祭以外に酒を飲む機会などなかった。それとてビールをコップに半分ぐらい、その場をしらけさせない程度に口をつけるだけだったので、正直、酒の匂いには馴《な》れていない。おまけに寝不足と精神的な疲れのせいで、体は生きているのか死んでいるのかわからないあやうさで、そこに強い酒の匂いが押し寄せたものだから、まるで水に溺《おぼ》れるように息苦しくなった。

佐代は助けをもとめるように少女を見た。老人と口をきくのも億劫《おっくう》だったので、老人に酒をやめるように言って欲しかったのだが、少女は佐代を相変らずまばたきもしないで見続けているのだった。

佐代ははっとなった。自分の目に二人が奇異に映る以上に、少女の目にも自分が異様に見えるのかもしれない。髪は半白になって久しいし、それもこのところパーマっけがとれて地肌に貼りつくほどボリュームが失くなっている。顔は、と考えて思わず両手で覆いたくなった。たったひとりの妹を失った自分の顔は、死人のように色褪《いろあ》せているだろうし、紙を揉《も》んだような肌に申し訳ていどにおしろいをはたきつけた頬は、何度も涙を拭《ぬぐ》ったので、斑《まだ》らに汚れて荒れ果てた冬の土を想わすかもしれない……

「こんにちは」

佐代は自分の声に情なくなった。もっとほかに言いたいことがある。あなた、おじいちゃんのお酒を何とかしてよ。

「こんにちは。わたしの顔に何かついているかしら？」

佐代は少女に重ねて言った。

老人からは酒の匂い、少女からは強い攻撃的な視線に追い立てられて、佐代の胸はどきどきと打っている。身を縮めても二人はどこまでも迫ってきそうな、逃げればとことん追いかけてきそうな気がして、佐代はシートの窓ぎわにぴたりと体をくっつけているのだった。

「もっと大きな声で言わんと、この子にはわからんですよ」

老人が紙コップに酒をつぎ足しながらうそぶくように呟《つぶや》いた。

そう言えば、佐代の声に少女は反応せず、視線が一段と強まった気がする。目だけが大きく開かれて、口も頬も裏に隠されてしまった印象だ。

「……耳が聞こえないのですか」

と佐代は老人に訊《き》いた。声は大きくなるどころか消え入りそうに細くなった。耳が聞こえないならそれで納得できる、何がどう納得できるとも言えないけれど、少女への怯《おび》えが和らぐのは確かだった。

「もっと近づいて、大きい口を開けて言わんとこの子には聞こえん。耳のかわりに目が声を聞くもんでな」

彼は、大層な秘密を佐代だけに打ち明けるように、やはり小声になって言うので、佐代は初めて頷《うなず》いた。少女は口の動き、唇のかたちで言葉を読み取るらしい。

「お孫さんですか」

「カヨ、名前はカヨだ」

「どんな字を書くのですか」

「さあ、本人に聞けばいい」

佐代は少女に尋ねようと勇気をふるい起こしたが、声をかけるより早くふらりと体が立ち上がっていた。酒の匂いに胃のあたりがむかむかしてきたのと、もしもカヨの名前が加世であったら、そのまま気を失って倒れてしまいそうで、こちらの疲労ぶりを見せないようにして必死で立ち上がったのだが、ハンドバッグを座席に置いたままなのに気づき、急いで摑《つか》み取ると、トイレの方に歩いていく……

加世は死んだのだ。加世は火に焼かれて灰と煙になったのだ、と歩きながら自分に言いきかせた。

座席はいつのまにかどこも埋まっていて、通路に立っている人をよけながら行く。車内は夕陽が真横から射《さ》しこみ、人の顔も座席も朱色にてらてらと光っていた。

トイレには入らず降り口の通路の壁に寄りかかりふうと息を吐きながら、自分が座っていた座席はもう、誰かにとられてしまったかもしれないと考える。いつのまにかこれだけ混んでいたのに、佐代の横の空席に誰も座る者がいなかったのは、前の席の老人と少女が不気味だったからか、それとも酒の匂いのせいか、どちらかだろうと思うが、いまはもう、別の人間がそこにいるに違いない。

何と馬鹿なことをしてしまったのだろうと佐代はすこし後悔した。あと一時間半も、通路に立ちっぱなしは辛かった。

それとも、変なのは自分であって、あの二人は特別奇妙ではないのかもしれない。耳の聞こえない少女と酒好きの老人というだけのことで、自分以外の乗客にとっては、酒の匂いにしても少女のまなざしにしても、無視できる程度のものなのかもしれない。佐代はハンカチを取り出し額と首の汗を拭《ふ》いた。そうしている間にも、おかしいのは自分の方だと、ほとんど確信のように思えてきた。加世に取りついていた死神が、いまは佐代自身にまつわりついている気がしてならない。死神は様々な恰好に身を変えるので、あの少女がそうでないとは言えず、老人も怪しかった。

左の肩にひやりとつめたいものが触れる。佐代は声をあげそうになった。だがそれは、トイレから出てきた男がよろめいて、水で洗ったばかりの手で体を支えようとして佐代の肩に触れたらしい。失礼、と声をかけて後の車輌に戻っていった。

十五分もそこに立っていただろうか、足が疲れて膝のあたりが痛んできたので、洗面所の鏡の前に捨てられていた週刊誌を拾ってきてお尻《しり》に敷いて蹲《うずくま》った。そのとき、鏡の中を見ないようにしたが、やはりちらと目が行ってしまい、慌《あわ》てて顔を伏せた。足元の通路に戻って蹲ったとき、佐代はぞっとした。たったいま鏡に映っていたのは自分ではなくあの老人と少女だったような気がしたからだ。

これは困ったことになった、自分の頭はついに妙なことになったのだ、と泣き出しそうになる。が、ここは一番気を引きしめておかなくては、頭脳の方がどんどん崩れていってしまいそうだ。泣き叫べば次の駅で下ろされて病院へ連れて行かれるかもしれない。佐代にはまだこうした理性が残っていたので、泣き出したい気持をぐっとこらえた。

この状態から脱出する方法はたったひとつしかなかった。

もういちど鏡の前へ行って自分の顔を覗いてみることである。そしてもし、そこに自分の顔でなく別の人間が映っていたとしたら、駅員に下ろされる前に自らこの列車を下りて病院に入った方がいい。もしそうなら自分の寿命がいま尽きかけているのであり、幻視という死の予兆を見逃して、他人に迷惑をかけたり、ぶざまな死に様を人目に晒《さ》らすようなことがあってはいけないと思う。

佐代は三十年近く小学校の教員を勤めてきた。すでに恩給ぐらしに入って長いけれど、教員生活で身についた自戒と自律の精神は、失っていなかった。だが頭脳の細胞がこわされてしまえばどうしようもない。努力の外の問題である。幻視は、意志とは別のところで、脳の細胞が溶けていく結果なのだろう。

佐代は思い決めて立ち上がり、洗面所に体を滑りこませ、深呼吸ののちゆっくりと目を見開いた。

　そこにはこの世の女とは思えない、幽鬼のような老婆《ろうば》の顔があった。白髪の一部は額に張りつき、他のところは逆立っている。白眼は充血し、たったいま人を殺して喰ったように呆然《ぼうぜん》としている。頰も耳も蒼《あお》ざめ、かさかさに乾いているけれど、それはまさに彼女自身だった。

　よかった、と思いながら佐代が洗面台に片手をつき、顔を上げると、佐代自身の横に別の顔があった。

「あああ」

　佐代は目を覆《おお》い、蹲った。その肩を、少女の手が揺すぶっている。あの少女が佐代を覗《のぞ》きこんでいた。揺すぶりながら、嗄《かす》れた声で何か言っているが、息が細い穴をくぐり抜けるような音よりほか、佐代には聞こえない。それでも彼女がしきりに、席に戻ってくるように言っていることはわかった。

　これは幻視ではない、少女はここにいるのだと自分を落着かせ、大丈夫よ、ありがとう、と唇のかたちをはっきりさせながら伝えると、少女は初めて微笑した。目を見開いているときは気味悪くさえあった彼女の表情が、微笑のおかげでほんのすこし子供らしくなっていた。

「もう大丈夫です、ええ、大丈夫……」

彼女はすっと離れて自分の座席の方へ歩いていく。

佐代は拭いても拭いても汗が出てくるのにうんざりしながら、ここにいるとふたたび少女が迎えに来るかもしれないと考え、元の席へ戻っていった。

誰かに占領されたと思っていたのに、そこは空席のままだった。

「席を取られそうになったんで、そこは駄目だと言いました」

と老人が言う。その膝《ひざ》の上には新聞紙が広げられていて、中に茹《ゆ》で玉子の殻とまだ剝《む》かれていないものが一個転がっている。

「それはどうも御親切に」

と佐代は老人に頭を下げ、少女にも微笑を向けた。

「お具合が悪いのではありませんか」

老人はくさい息で言った。唇のまわりが濡《ぬ》れて光っていた。

「いいえ、大丈夫です、ちょっと疲れてるだけですわ」

「何か飲み物でも」

「あ、いえ結構……こんなに混んできたのに、一人で二人分を占領してては申し訳ないわ……どなたかお座りになればいいのに……」

と通路に立っている人に目をやるが、立っている人間は車輛《しゃりょう》の真中あたりにかたまっていて、端の方に一人分の空席があることなど誰も気がついていない。彼らは立ったまま本を読んでいた。

「ここはわたしたち三人だけの席にしておきましょうや」

「……でも」

「誰も来やしませんよ」

「立ちっぱなしの方が気の毒ですわ」

首をのばして、ここにどなたかどうぞ、と叫びたくなる。

「……誰も来ませんよ、そこは空席ではありませんから」

「あら、どなたかもう？」

「あなたに見えないだけですよ」

「何をおっしゃってるの」

「わたしには、あなたのお連れの方の姿が見えますが」

「変なこと、言わないで下さい」

「この子に尋ねてみられるといい……」

佐代は目を閉じ、首を振ってぐったりと背もたれに体を預け、それから薄目を開いて言った。

「カヨちゃん、でしたっけ？　そんなふうにわたしを見詰めるのはやめて頂けない？　あなたのお祖父《じい》様のお酒もやめて頂きたいの。それから、わたしに話しかけるのもね。ねえ、わたしの言ってること、聞こえます？」

少女は、こくりと頷《うなず》き、それからニヤと笑った。

「よかったわ、聞こえてるのね。わたし、たったひとりの妹が死んで、今日お葬式だったの……ずっと眠ってなくて気分が悪いの……ですから、そっとしておいて頂けないかしら……」

そのときである。少女と老人の視線が一斉に佐代の横の座に動いた。そこに何かが動いたので、思わず見てしまったという瞬間の動きだった。

「ええ、ええ、わかりました……一体誰がここに居るんです？　わたしには見えないので、教えて下さらないかしら」

強く抗議するように言ったものの、胸は震え、頭の中には熱い渦が巻いている。

「教えてあげた方がいい」

と老人は少女に言った。

「……お・ば・さ・ん・に・そっ・く・り・の……」

少女の嗄れた声が、風のように届いた。確かにそう言ったと思ったが、聞き違えたような気もして、

「え、誰にそっくりですって？」

と問い返した。

少女は、佐代を指さした。

「本当にあなたには見えるって言うの？」

うん、と深く頷く。

「じゃあ、どんな洋服を着ている人？」

少女は佐代の口調が早すぎて読みとれないのか、老人に助けを求めるような目になった。

「ど・ん・な・ふ・く・か……」

と彼は唇を突き出して言った。

「し・ろ・い・ふ・く」

「白い服だ」

と彼は同じ言葉をくり返した。

「いい加減なことを言わないで下さい。あなた方は偶然列車に乗り合わせた人を困らせ

て、お金でも貰《もら》おうというのですか？　それとも宗教の布教でどこかへ行かれるところなの？　疲れた人間にとりついて、うまい汁を吸おうとしても無駄です。わたしは学校の教師をしてきた人間です。妹に先立たれて心も体も弱っていますが、まだ理性はあります。こんなことに参ってしまうものですか」

佐代が肩を上下させながらそれだけ言うと、老人がそっと手を差し出した。手の平の上に茹で玉子が一個あった。

「これを食べて元気を出されるといい」

佐代がその手を押し戻すと、老人は隣の席の見えない人間に渡すように、空の座席にその茹で玉子を置いた。

佐代は茹で玉子を無視して言った。

「……白い服を着たその人は、わたしによく似た女なのね？」

二人は同時に頷いた。

「で、その女は笑ってるの？　怒ってるの？」

「ふ・つ・う」

「ふつうって、寂しそうってこと？」

少女は首を横に振る。

「痩《や》せてる？　それともふっくらしてる？」

「ふっくらの方だな」

　と老人は少女に同意をもとめた。少女もそうだと頷いた。

「白い服のほかに、何を身につけてるか教えて下さらないかしら。たとえばスカートや、靴や、髪型とかも」

「……ス・カー・ト・は・く・ろ」

「もういいわ、白いブラウスに黒いスカートね。髪は半分白くて、頭にへばりついているのでしょう」

　二人は顔を見合わせて、そうだと言うふうに警戒しながら同意した。

「わたしにそっくりじゃないの……ずるい言い方ね」

「怒ってはいかんよ。一緒に一杯やろうじゃないか」

　老人が別の紙コップに酒をついで寄越したので、匂いが佐代の顔全体を包みこんだ。

だが先程のように胸がむかつくこともなく、匂いにくらくらすることもなかった。酒の匂いに馴《な》れるということがあるのだろうか。

「ぐっとひとくちで飲めばいい」

　佐代は言われるままそのとおりにした。もしもこの酒が死神からの誘いであったならそれでもいいと、頭のどこかで考えていた。死ぬのなんか少しも怖くない、逃げるのはもう嫌だ、どうにでもなれと思って飲んだ。

　この二人から逃れることが出来ないのであれば、そしてもう一人の誰かから見られているのであれば、何でも受け入れてしまえそうだった。

「ここにいる人は、多分わたしの妹でしょう。いまようやく身軽になれて、きっとうれしいんだわ……」

　空になった紙コップを覗きこみながら佐代は言った。紙コップの底に、茶色い澱《おり》のようなものが残っている。老人はその上にまた、酒を注ぎ足した。

「なぜわたしについて来るのか、あなた尋ねて下さらない？」

　そう頼まれた少女は、じっと隣の席を見つめていたが、

「……姉さんに……言い忘れたこと……があったから」

と、前よりずっとはっきりした声で言った。

　佐代は驚いて少女を見る。本当はちゃんと声も出せるのだ。何だかお面をかぶったように気味の悪かった顔も、幼いやさしさが蘇《よみがえ》ってきている。

「言い忘れたことって何かしら……ねえ、もっとちゃんと訊《き》いてよ。何でもいいから、教えて欲しいって……」

少女の口が動かないので、佐代はなじるように老人を見ると、老人もじっと少女を待っているのだった。

次々に駅に停ったような気がする。しかしもう、そんなことはどうでもよかった。終着駅へ着けばすべてが消えてしまいそうだ。時間が無い、早く妹の希望を叶《かな》えてやらなくては……

ようやく少女が口を開いたのは、長いトンネルに入ってからだった。トンネルに入る直前、西陽に真赤に染まった海が、この世の光景とも思われないほど鮮やかに光っていた。

「……姉さん、ごめんなさい……」

少女の声は、確かに妹の声そっくりだった。車内は暗く、外を走り抜けるのは暗い闇《やみ》だ。

「何を謝ってるの……何も謝らなくていいのよ……あなたはがんばって生きたんですもの」

と佐代は妹の声に応《こた》えた。

「いいえ……わたしわかってるんです……姉さんが心のどこかで、わたしがこんな病気にかかったのは自業《じごう》自得でいい気味だと思ったとしても仕方がないって」

「そんなこと、いちども思ったことはないわ……たったひとりの妹を、どうしてそんなふうに……」

佐代は耐えがたくなって泣き出した。涙が乾いた頰を濡《ぬ》らしてしたたり落ちていく。

「……姉さんの気持がわかっていながら、どうしてもあのことを謝ることが出来なかった……ごめんなさいね、姉さん……」

「いったい何を言ってるの」

「姉さんは覚えてるはずよ……一度だって忘れたことはなかったはず……ええ、でも、そうやって忘れようと努力してくれてたのね。わたしを許そうとしてくれてた……だからもっと早く、姉さんに謝ればよかった……そうしておけば、死ななくてすんだかもしれない……」

「病気には誰だって勝てないわ」

佐代はそう言いながら、妹の加世が何を話しているのか気がついていた。しかし、すでに遠い記憶になり果てた昔の出来事を、妹が病いに倒れたのちにいちどだって思い出し、いい気味とか自業自得だなどと考えたことはなかった。

佐代が目を閉じると、加世の声が耳のすぐ近くで囁《ささや》くように聞こえた。

「姉さん、今年も金輪《かなわ》川の川原は菜の花がいっぱいでしょうね。もういちどあの川原を姉さんと歩きたかった……」

するとと目の裡《うち》に、黄色いうねりが幾重にも層をなす波のように広がっていった。まるで、菜の花に呑《の》みこまれ、溺《おぼ》れ死にそうなほどその色は濃く厚い。黄色い波は川下から川上にかけてゆるやかに吹く風を受けて、伸び上がったり低くうねったりする。

「姉さんが肺の病気にかかって、女専を休学して家に戻っていた春だった……家から出るのを許されていないのに、姉さんは夕方になると金輪川に散歩に行くの……覚えてるでしょ？　誰にも見られないように、こっそり家を出ていく……その後姿は痩せて細くて、ぽっきり折れてしまいそうだった……」

佐代はそうそう、と頷《うなず》く。

金輪川は家から歩いて七、八分のところを流れていた。家の前には広い畑があり、その横に土蔵が建っていた。土蔵の前に真直ぐの道がついていて、通常この道を通って家族は出入りする。昔の農家のつくりは、玄関の横に農具置場兼、雨の日の作業所のような土間があり、その土間が母家《おもや》と離れを分けていた。

佐代は玄関から出ると家族に見つかるので、この土間の裏側から、裏庭に出て、離れの部屋の外側を通り、そこから土蔵の裏手へと素早く走りこむ。

離れの外側は人が通り抜けることなど考えられないほど狭いうえ、膝丈《ひざたけ》の草が繁《しげ》っていて、なぜだかいつも草は濡れていた。

だから土蔵の裏側まで来たときは、そこでいっとき立ちどまり、膝近くまでスカートを上げて、足を拭《ふ》かなくてはならなかった。

それともうひとつ、そこで息を整えなくては川まで歩いていけないほど、胸が苦しかった。

「わたしは夕方になって姉さんがそわそわしはじめると、胸が焼けつくように熱くなってきて、勉強していてもちっとも頭に入らなくなった……そろそろ姉さんが出ていくころだわ、と思うと、上手に抜け出せればいいと思う気持と、母親に見つかって、引き戻されればいいという気持が、体の中で渦巻いたわ。あれは嫉妬《しっと》だったと思う。三つ違いの姉さんは病気とは言っても大人の女の雰囲気があって、みんながちやほやしていたわ。そこへいくと女学校へ行くわたしなんか、まるで子供扱いで、姉さんは蝶々《ちょうちょう》でわたしは虫けらみたいなものだった。姉さんに憧《あこが》れて、体が心配だったのも本当なら、姉さんなんてどこかへ行ってしまえばいいと思ったのも本当。だから、何度こっそり、姉さんのあとをつけて行ったかわからない……」

初めのころ佐代は気づかなかった。しかし何回目からか、妹が自分を見張り、金輪川までこっそりついて来ていたのも知っている。

「……気がついてたけど、知らん顔をしていたのよ」

と佐代は妹に言った。

「やっぱりそうだったのね」

「放っといたわ、まだ子供だと思ったし、告げ口なんてしないと信じていたから」

「土蔵の裏側まで走りこんだら、あとは簡単だったでしょ？　そこから上の道路に出て、川に向かって歩いていく……川原まではうんと後からついて行かなくては見つかってしまうけれど、川原には丈の高い草や菜の花が繁っていたから、隠れるところは沢山あったわ。川原は西陽を浴びて火のようにあかあかと光っていた……ときどき姉さんは、気配に気づいて振り返ったけど、姉さんの目には西陽がはじけるように照っているばかり……眩《まぶ》しいだけで物の影や人のかたちまでは見えなかったと思う。わたしは菜の花の繁みに半分腰を下して、眩しそうに目を細めて遠くを見ている姉さんを、複雑な気持で見詰めていた。だって、姉さんの体は、陽光のなかにふわっと浮かんだ朱色の花のように現実離れした美しさがあったんですもの」

佐代にも、甘やかな風が蘇ってきた。青春とか恋とかいうものが自分にもあったのだと、いまあらためて思う。

佐代は菜の花の中に蹲《うずくま》って待つ。五分、十分……それ以上は待てない。家の者に見つかってしまうと、二度と出てこれないばかりか、父親から大目玉をくらうのがわかっていた。

だがほどなく、川上の方から馬のいななく声とひづめが川原の石を蹴《け》る音が近づいてきた。

十分ぎりぎりになって聞こえてくることもあるし、すでに先に来て、佐代を待っていることもあった。

体を丸めて、ときめきに耐えているとき、ふいに近くで馬のいななきが聞こえたときなど、心臓が止まりそうになった。

男はいつも同じ軍服を着ていた。濃い緑色に茶色が混じったような、重苦しい色の軍服だったが、襟元には白いシャツが覗《のぞ》いていた。男は襟元が窮屈なのか、いつもそこのホックを外していた。

最初は全くの偶然だった。佐代が退屈なあまり川風にあたりに行ったとき、二人の軍人が馬で通りかかった。ひとりは帽子をずらし気味にし、丸い顔の目を不良っぽく佐代に投げてよこした。もうひとりの男は帽子を深くかぶり、行き過ぎるとき軽く頭を下げた。そのときの印象が、佐代に凛々《りり》しい刻印となって残った。

川原の水際《みぎわ》を、馬に草を与えながら散策していたのだろうが、佐代に好印象を与えた方の男は、馬の上でも姿勢が良く、見上げる佐代の目には銅像のようにがっちりとした印象だった。

次の日の同じ時刻にも会ったが、そのときは一人だった。佐代はどきどきしながら頭を下げた。佐代が気に入った方の男だったので、こんな偶然を誰に感謝すればいいのかと思った。佐代はもういちどあの馬に乗った男に会いたかったから、川原にでかけたのだが、男はただ、同じ時刻に決まったように馬に散歩をさすことになっているのだろうと想像した。

まさか佐代に会えることを期待して、次の日は一人でそこを通ったなどとは考えもしなかった。

「でもそうだったのよ。何回目かに本人がそう言ったわ。名前は確か荘田《しょうだ》だった。下の方の名前は聞いていない。金輪川の八重田橋から一キロ行ったところに、陸軍の基地があって、そこの少尉《しょうい》さんだった。荘田少尉。それだけだわ、わたしが知っているのは。ああそうそう、俳句をやっていて、若いのに俳句なんてと思ったのを覚えている……荘田という男を好きになったのか、荘田の軍服姿に憧れたのかはよくわからないわ」

「……遠くからでも、きれいな男の人だと思ったわ。軍服は男を美しく見せるだけでなく、何といえばいいのか、ものがなしくも見せるわね。女学生だったわたしにも、あの男の姿は、幻の絵のように焼きついて離れなかった。姉さんに憧れ、あの男に憧れ、それに何より恋というものに憧れてた。だから、毎日のように跡をつけてたんだけど、勿論《もちろん》、雨の日は姉さんも家から出られないし、母親が近くにいて抜け出せない日もあったわね。わたしの方に用事があって、跡をつけられないときなんか、姉さんが無事帰ってくるまで心配だったたし、帰ってきて何事もなかったような顔で母と話をしてたりすると、裏切られたような気持になったものよ」

「……何事もなかったのよ」

「ええ、そうね」

「本当に何事もなかったの……」

二人は出来るだけ丈高い草や菜の花の近くに並んで腰を下し、お互いの体のあいだに三十センチぐらいの隙間《すきま》を置いたまま、ぽつぽつと話をしたのである。

話の中身は何も覚えていない。お互いの身内や生活のことなどは話題にのぼらず、何か夢のような言葉を交わして別れたのだと思う。だからこそ、具体的な記憶として残されていないのだ。

男は俳句の話をした。だが佐代にはよくわからない中身だった。彼は若い女に、日頃考えていることを話してみたかったのかもしれない。折々に作った句も口にしたようだが、書かれたものでないので、ほとんど忘れてしまった。

菜種梅雨蹄《ひづめ》の先の暗き水

このとおりだったかどうか、自信はない。何しろ半世紀も昔のことだ。もしも記憶違いとすれば、蹄の先の暗き水、の方は正しくて、菜種梅雨の方が何か別のものだったかもしれない。雨の日は口惜《くや》しくて、そこにふと菜種梅雨が入りこんだような気もする。

男はポケットから茹《ゆ》で玉子を取り出して佐代に手渡した。どうしてそんなものが軍服のポケットに入っているのか、佐代は不思議でならなかった。軍隊で手に入れるのか、別の場所でか聞いたこともない。

ともかく取り出された一個の玉子を、佐代に手渡すときだけ、わずかに手と手が触れるのである。

さあ。

と言って彼が玉子を差し出すと、佐代は手の平を上にして、そっと手を差し出す。その上に、小さな丸いものを落とすように置くのだが、玉子の重みが手の平に加わるか加わらないかの瞬間、男の指が弾むように手の平の上を通り過ぎる。

食べて下さい。

頂きます。

本当は、持って帰って一晩でも胸に抱いて眠りたかったが、男は佐代の口に入るのをたのしみにポケットにしのばせてきたような気配なので、佐代もはじめは恥しかったが、彼の目の前で食べるようにした。

飲みものもないし、塩味もない茹で玉子は、それでなくとも緊張し口がかわいているところに、不思議な弾力で入りこんだ。何口にも分けてもぞもぞと嚙《か》み、唾液《だえき》をかき集めて呑《の》みこむのを、彼は見てはならないもののように顔をちょっとばかり他所《よそ》に向けたまま、それでもときどき盗み見るようにしていた。

佐代は、口の動きをとめて、おいしいです、と言った。

男には病気のことを言っていた。女専を休学して療養していることも伝えてあった。

早く良くなって下さい。

男は食べ終えた佐代に言った。そう言われると、涙がこぼれそうになった。あのころ玉子は貴重だったが、その味については喉《のど》につかえたようなかんじ以上のものは思い出せない。

佐代は震える気持のまま、ただ、はい、とだけ応《こた》えた。

それだけである。手を握り合ったこともそれ以上の接触もなかった。佐代は自分が病気だから、それ以上近づいてはならないとどこかで自分を抑えていた。

男の方はどうだったのだろう。

草や菜の花の陰とはいっても、川原である。すぐ近くに馬がいる。いつ誰かが通りからないとも限らず、現に妹が遠くから見ていたのだ。

それに、長い時間ではなかった。会って話して茹で玉子を食べて別れるまで五、六分というところだろうか。より深くお互いを知る会話など、持てるはずもなかった。

ある日、父と母にとがめられた。

父と母は理由を何も言わず、夕方出かけるのをやめるように命じた。

「……わかってたのよ、あなたが告げ口をしたことは」

「でも、わたしを怒らなかったわ……」

「どのみち、どうにもならないことだったのよ。妹が両親に告げ口をするか、わたしの病気がさらに悪くなるか、あるいは荘田少尉が馬を散歩させられなくなるか……何かが起きて駄目になるのは覚悟していた……わたしが病気でなかったなら、妹のあなたを恨んだり大喧嘩《おおげんか》をしたかもしれないし、両親の命令にも素直に従ったかどうか……でも、あのころは半分死んでいたのよ。運命にあらがう気力もなかったみたい。短い春の夢だったのだと自分に言いきかせたわ。もっと長く、深く、あの男とつき合ったとしたら、もっとよくない結果が待っていたと思う……」

来ることのできない日が三日続いたら、諦《あきら》めてほしいと言っていた。三日では諦められないから一週間は来てみる、と男は言った。

佐代は自分の気持を殺した。食糧事情の悪さは進み、病気が少しも快方に向かっていないのもわかっていた。男が毎回持ってくる茹で玉子も、彼が無理をして都合をつけているに違いなく、これ以上甘えてはいけない、という気持もはたらいた。

「姉さんが金輪川に行かなくなって何日目かに、わたしひとりで夕方出かけてみたの」

「そう」

「彼は馬を川原の大きい石につないで、川の水をじっと見ていた……わたしが近づいていくと、振り返ってわたしをじろじろと見たわ……わたしは男に言ったの、姉さんは病気が悪くなったので、家から出られなくなったって……そしたら彼は、覚悟していたように頷《うなず》いて、ポケットから茹で玉子を一個取り出したの……そして、これを姉さんにって……わたし、それを握ったままぼろぼろ涙を流してしまった。あのときほどの後悔を、その後の人生でしたことがないような気がする。男はわたしに言ったわ。自分も来月はこの土地を離れることになりそうだって。どこに行くのですかと訊《き》いたら、この国よりもっと広い国だって言っただけ。お互いに生きのびたら、きっとまたどこかで会えると、姉さんに伝えてくれって言った」

「あなたは死ぬまで黙っていたわね」

「いつか言おうと思いながら、言いそびれてしまったの。ごめんなさい」

佐代は川風に揺らぐように微笑して言う。

「で、その茹で玉子、どうしたの？」

「彼が馬で去っていったあと、泣きながらひとりで食べたわ。だって持って帰って姉さんに渡すことは出来ないし、捨てるのも勿体《もったい》ないし、いつか姉さんにすべてを話して謝ろう、姉さんの恋の邪魔をして悪かったって謝るんだと自分に言いきかせながら、玉子の皮をむいたわ」

佐代の微笑は脹《ふく》らみ、咽《のど》の奥からくくっと笑いが漏れる。

「それはよかった……。玉子一個だって無駄になんかできないわ」

あの年の夏、佐代は一時良くなって女専に復学した。しかし冬にはまた悪化し、家に戻る。それでなくとも戦況は酷《ひど》くなって勉強どころではなく、お国の役にも立たない女子学生は、家でじっとしているほかなかった。

佐代の体が回復して女専に復学したのは翌年の夏終戦を迎えて後のことである。同級生のなかには他所《よそ》の都市に駆り出されて飛行機の部品を作っているとき空襲にあい、死んだ者もいたが、佐代は体を縮めるようにして生きのびた。

卒業し、一人前の社会人となったとき、佐代は結婚を諦めていた。それでなくとも結婚難のうえ、自分は年をとりすぎたと思った。知人の勧めで小学校の教員に職を得たとき、これで安心して妹も結婚できるだろうと思った。

病身の姉が家にごろごろしていたのでは、妹の縁談にもさしさわるし、妹も家を出ていきにくいだろう……

「姉さんを無視してわたしに結婚の話が来たとき、真先に考えたのは、あの玉子のことだったわ。わたしは姉さんの、一生にたった一度の恋を潰《つぶ》したんだ、それなのに、わたしだけが結婚して家を出ていくなんてって……」

「巡りあわせよ、玉子の君のことなんて、ちっとも恨んじゃいません。それに、あの後いちども恋をしなかったわけではないわ。結婚に結びつくようなものではなかっただけでね」

確かに恋をした記憶はある。しかし、やわらかい、甘い風のなかに思い出すのは、いつも金輪川の川原である。閉ざされた日々の思い出は、菜の花の明るみのようにいつまでも色褪《いろあ》せることがない。忘れよう、忘れたいという心の作用がなく、そっとそのまま、季節の巡りの中に置かれたままなので、それ以上変わりようもないのだろう。

「若いころ病気ばかりしていたわたしが、結局あなたより長生きしちゃったわね」

妹の加世は元気なころの顔で頷いてみせた。気にかかっていたことを喋《しゃべ》ってしまったので、安心したらしい。もう行かなくっちゃ、と言うので、佐代は何とか呼びとめようとするが声にならない。四苦八苦したあげく、ようやく叫んだ。

「わたしも連れてってよ。もう疲れたわ」

遠ざかりそうになった妹が、ふっと近づいてきて、佐代の手に何かを握らせた。

「これ、あのときの茹で玉子。いま、姉さんにお返しします」

佐代は丸く暖かいものを握りしめ、この小さいものは自分の生涯の宝物で、これさえ持っていれば、どんな遠くにでも旅立てそうな気がした……

終着駅に着いたとき、老人と少女はお互いに目配せをして頷き合った。

そのまなざしには、ひと仕事終えた者たちの疲れと安堵《あんど》がこもっていたが、無論誰も気づく者はいない。前の席の米屋佐代は、背もたれと窓に上半身をもたせかけて、眠りこけたように目を閉じていた。

乗客は誰も、この老女や、老女の前の席の二人になんか気を取られず、我先に降り口に向かって進み、あたりは急に静かになった。

しかし三人は席から立とうとしない。

「もうすこし、ここに居てやろうじゃないか」

と老人が言うので、少女も、うん、と首を動かす。

「ほら、玉子が落っこちそうだよ」

老人に言われて少女は、女の手の中の玉子を握り直させる。ついさっき、隣の席の茹で玉子を女に握らせたのに、指の力が抜けて床に転がり落ちそうになっている。女の手の真中に玉子を置き、もういちど五本の指でしっかりと押さえつけた。その拍子に、女の上体がぐらりと前傾したが、そこでとまっている。その表情は安らかなまま固まっていた。

夕焼が赤かった空はすっかり暗くなり、駅のホームには白い灯《あか》りがともっている。

そのときホームを行き過ぎる中年の乗客のひとりが、窓の中を覗《のぞ》きこんだ。おや、婆《ばあ》さんがひとりで眠りこけてるじゃないか、誰か起こしてやった方がいいのに、と思うが、そのうち車掌が来るだろうと考え直して、窓から急ぎ足で離れていった。彼はタクシー乗り場でタクシーに乗り、家に向かったが、眠りこけていた婆さんのまわりに、やわらかい明るみがベールのように幾重にも取り巻いていたような気がし、思わず口元をほころばせた。車掌が来てあの婆さんを揺り起こすのは、ちょっと可哀相《かわいそう》だなと思った。

鈴《すず》懸《かけ》の木

九州の臍《へそ》という呼び方を村の宣伝文句にしているK村から、さらに川に沿って山に入った東田《つかだ》村は、秋のよく晴れた午後であっても山《やま》の端《は》に太陽がかかるやいなや、濃い日陰に占領されていき、二十軒足らずの家も、川の傍に建てられたペンションも、身をくねらせたように段々に寝そべる田も、ひんやりとした紺色の空気に覆《おお》われる。

その中で唯一《ゆいいつ》黄橙色にちらちらと光っているのは、東側の山肌に立つ一本の木だった。村を取り囲む急斜面の山々には杉や檜《ひのき》が植林されていて、真冬であっても葉を落とすことのない木々がのっそりと村に被《かぶ》さっているのに、この木だけが色に染まってやがて裸木となり、寒気が来ると暗褐色の樹皮に縦の裂けめを走らせ、震える幼な子のように心細げに立っているものだから、誰ともなくこの木を季節の移ろいの目安にするようになった。

高さはまだ十メートル余りで、幹の太さも人の腕がまわってかなり余りが出る。その木がぽつんと立っているのに村の人間が気がついたのは近年のことだから、樹齢としてはまだ少年か娘程度で、これから先どこまで背を伸ばすのか、他に同類の木が無いものだから誰も見当がつかないのだった。

K村の郵便局員が、鈴懸《すずかけ》の木だと言った。プラタナスとも言うのだと、ついでにしゃれた名前を教え、

「しかしなんで一本だけなんだろう」

と不思議そうに見上げた。

この話を聞いて畑山文枝は家に帰って広辞林を引いて調べてみた。七十を過ぎたばかりの夫の年蔵も、なんでまたそんなしゃれた名前の木が、と妻の横から広辞林を覗《のぞ》きこんできた。この夫婦は、数泊の小旅行以外は村を出たことがなかったし、養鶏と田作り以外の仕事も知らないまま年をとってきたのだが、知識欲だけは人並以上に強い方だし、村の外の出来事にも関心を持っていた。文枝は短歌など作って地元の新聞に投稿してきたぐらいだから植物の名前などにも詳《くわ》しくて、あの郵便局員が言ったことが本当かどうか、ちょっと疑ってかかったのである。

鈴懸の木……。落葉高木。葉は大型で葉柄《ようへい》が長く……

図絵が載っているが、葉と丸い実だけなので、これでは見当がつかなかった。

「やっぱり鈴懸の木だろうよ、うん」

と年蔵が、この話題に飽きてあくびをしながら結論を出した。

「鈴懸の径《みち》って歌がありましたよね」

「プラタナスというと日本に生えてる木じゃないみたいだが、鈴懸の木なら、まあいいだろう」

「なにがまあいいんですか」

「一本ぐらい変なのが混じっててもいいだろうと言ったんだ」

「どこからか、種が飛んで来たんでしょうかね。それとも誰かが持ってきて植えたのかもしれない。いさぎよいので目立つんですよ。さっと色づいて、さっと散る。あんなにあっさりと季節を先取りしていく木は、ほかにないですよ。この村の木はみんなのっそりとして、のらくらしてるだけじゃありませんか」

あと二年で七十の大台に乗る文枝は、からっとした口調で皮肉も言ってのける。年蔵は気づかないふりで対抗する。

「うちの庭にイチイの木が生え出したときは、邪魔だから切れ切れとうるさかったのに、他人の山だと鈴懸の木の味方をするんだな」

「だって、眺めてるぶんには、変わりばえがしていいじゃありませんか。葉が色づいたり、がらがらの枝だけになったり、面白いですよやっぱり」

山の裾野《すその》には丈の低い草木もあるし、それらに絡《から》まる蔦葛《つたかずら》も秋には色づくけれど、やはりすっくと真直《まっす》ぐに立った木とは違う。その鈴懸の木は杉や檜を真似《まね》るように胸を張り背を伸ばしている。

「……やっぱり風に乗って飛んで来たんですよ。風のプレゼントだわ」

そうであって欲しい気持をこめて文枝はひとりで呟《つぶや》いてみたが、広辞林の図絵では種子は風に運ばれるほど軽くもなさそうだし、もしも風に乗ってきたのなら一個だけではなくて、そのあたりに数本生え出てもよさそうなものにと、たちまち自信がなくなった。

いいんですよ、あの木が何者であったって、どうやってここまでたどりついたって、そんなこと、どうでもいいんですよ。新しく若い生命《いのち》が入りこんでくるのは、うれしいことですもの。

文枝のこうした思いはある程度他の村人にも共有されているようで、とりあえず鈴懸の木ということに落着いた木は、今年の夏もぐいぐいと背を伸ばしたのである。

だから秋が深まったころ、東京にいる妹の光枝から強引な依頼の中身の電話がかかってきたとき、本来なら、そんなの駄目、と言下に拒むところを、呆気《あっけ》にとられて、考えてみる、と答えていたのも、あの木のせいかもしれない。受話器を置いて気がついたのだが、心の中にあの鈴懸の木が立っていた。妹の声を聞きながら、ぼんやりと若く美しい木を視《み》ていたようなのだ。

妹はいつもどおり、結論から先に言っておいて、まるであたふたと駆けつけるように言い訳や説明を追加するのだった。度肝を抜いておいて耳目を引きつけるやり方で、都会に住んで小料理屋などやっていると、こういう話術にたけるのだろうと、文枝はいつもその術にはまりながら、感心するのである。

「姉さん、今日は特別のお願いなの。二カ月だけ、二カ月だけでいいから、わたしの頼みを聞いてくれない？」

「なによ、だから二カ月がどうしたのよ」

と文枝は警戒しながら、しかし声は笑っていた。やれやれまたとんでもないことを、と身構えながらも、そのとんでもないことがキラリと光って降ってくるのを、待っていたのである。

「赤ん坊を預って貰《もら》えないかしら」

「赤ん坊？」

「犬や猫じゃなくて、人間の赤ん坊だけど」

「誰の赤ん坊なの」

まさか光枝のではないだろう。光枝はあいだに男の兄弟が二人挟まった末っ子で、長女の文枝とは十三歳も年が離れているが、それにしてももう五十代半ばで孫を持つ年齢だ。それに光枝は、三十年間も新劇の女優をやってきて、結婚はしなかった。売れないままの女優だったがそれでもいま出資者がついて、女優から小料理屋への転身もうまくいったらしい。客は劇団関係者が多く、長年馴染《なじ》んだ匂《にお》いの中で暮せて幸せそうである。

誰の赤ん坊なの、と聞かれた光枝は、里中一子《いちこ》の名前を言ったのだが、その一子の説明となると、手順がわからなくなって困っていた。

「……母親は一子で、赤ん坊の名前は晴《はれ》って言うのよ」

「晴？　晴れたりくもったりの晴？」

「男の子だけど、その名前がぴったりで可愛《かわい》い子なの。いま五カ月で五体満足、病気もたまに風邪引くぐらいで、子供を育てたことのある姉さんなら、安心して任せられる気がしたのよ」

東京と九州の山奥とでは、一秒の早さも価値もだいぶ違うらしいと文枝はつねづね感じていたが、このときの妹の声もまた、十秒かけて言われた中身を三十秒ぐらいかけてようやく理解できるほどの気ぜわしさで、

「それで、晴って赤ん坊と母親の一子さんが、あなたとどういう関係なの」

と問いかけて初めて、妹は姉の疑問に気がついたようだった。

光枝の説明によると、里中一子は光枝がかつて所属していた劇団の若手女優だが、先輩の俳優と恋愛して子供を産み、仕事も出来ない状態らしい。赤ん坊を育てる大変さもあるが、赤ん坊の父親の俳優には妻子があり、劇団内でも事情がバレかけて、必ずしも一子に同情的でない人たちもいるので、一子は目下休職願いを出して仕事を休んでいるという。

光枝はずっと以前、つまり二人の恋愛中から一子の相談に乗っていたし、どうにも生活が立ち行かなくなったときは同じ道の先輩として一子を自分の店で働かせることも考えていたのだそうだ。

「でも、それどころじゃなくなったのよ。運命ってハイエナね。弱った人間を見つけると襲いかかってくるんだわ」

そういうせりふがどこかにあったのかもしれない、光枝は昔ながらのよく通る声で嘆くようにうたうように言った。

「産後の回復があまりに思わしくない、不整出血が起きるというんで診てもらったら、なんと子宮癌《しきゅうがん》が見つかったの。そんな馬鹿《ばか》なことってある？　出産のときには見つからなくて、その五ヵ月後に判《わか》るなんて。お腹に赤ちゃんがいたときから軽い出血があったみたいだけど、医者も赤ん坊の方に気をとられてたのかもしれないわね。病院を変えて診てもらったけど、やっぱり癌だと言われて、うまく子供も授ったあとだし、子宮を取った方がいいだろうということになったの。でも、子宮を取ってしまえば生命には別条ないと言うんで、ちょっと安心してるんだけど」

ようやく大まかなところで事情がわかってきた文枝は、一子という女性の体のことより、五カ月の赤ん坊のことに考えが行ってしまっていた。五カ月ならまだ歩き回ることはないし、せいぜい這《は》い這《は》いまでだろう。半年くらいから離乳食になっていくが、それは母親の手に戻ってからでも間に合うだろうし、この一、二カ月はミルクだけでも育つ時期である。

文枝はこうしたことを、あまりに遠い自分の育児経験からではなく、広島と大阪の三人の孫の顔から思い出していた。文枝が二人の子供を育てたときとは何もかも変わっていて、孫たちは使い捨てのおむつや、瓶《びん》詰めの離乳食、熱湯消毒の必要もない、一粒の薬を溶かした液に漬けておくだけで清潔さの保たれる哺乳瓶で育てられていた。

「……その一子という女性の赤ん坊を？」

「晴、って言うの」

「ええ、その晴って子を二カ月も預って欲しいって言うの？」

「手術して戻ってくるまででいいの。わたしが預ってあげられたらいいんだけど、わたし赤ん坊の世話なんかしたことないし、お店もあるものだから、姉さんに頼んでみようと思ったの。姉さん、ベテランだもの。それにね」

「まだ何かあるの」

文枝の、不機嫌というのでもないがうんざりした気配を察して、光枝は子供のころの甘える声になって言った。

「若返りのクスリだと思えないかしら。いいものよ、ふんわりした小さな生きものが家の中にいるのって」

そのふんわりした小さな生きものを扱いかねて、遠くに住む姉に電話をかけてきたのである。人間の赤ん坊は犬猫のように食べ物だけを与えておけばいいわけではなく、第一何か事故が起きたときの責任はどうなるのかと考えたが、それを口にすることはすなわち断ることになるので、消極的な声で、考えてみるけど、と応《こた》えたところ、光枝は勢いづいて言った。

「助かるわ。姉さんが預ってくれるなら一子さんも安心して手術を受けられると思うの。彼女の母親は画家と再婚してアメリカに行ってるし、兄さんとは音信不通って言うし、可哀相《かわいそう》な子なの。才能はあるんだけどね」

そういう事情は聞かなくとも見当がついた。身内に女手があれば光枝を頼る必要もなかっただろう。

赤ん坊を自分が飛行機で連れて行くから、文枝に博多まで出て来てくれないかと言うので、日にちが決まったら教えてくれとしぶしぶ応えて電話を切った。

さてこうしたなりゆきを年蔵にどう話すかが問題だったが、四十年以上共に暮してきた夫の反応には見当がついていた。

「二カ月なら、いいじゃないか」

思ったとおりの返事にほっとしたあと、年蔵の様子をそれとなく見ていると、急に手足の動きが機敏になったような気がする。部屋の中を歩く足取りもとんとんと音がたつ。新しいものへの期待と不安が、いがぐり頭のごま塩の髪の毛を、艶《つや》よく光らせている。

「しかし、おい、どこへ寝かせるんだ。ふつうの布団《ふとん》でいいのか」

困ったような迷惑顔の底で、何かが浮き立つのが感じられた。

いよいよ赤ん坊が来るという日、文枝は女学生に戻ったような緊張と興奮の気分で目を覚ました。今日という日が昨日ともおとといとも違う一日になりそうな甘い覚悟がじんわりと身内に起きて、こんな気分は何年ぶりか何十年ぶりかと思いを巡らすはじから、しかしとんでもないことを引き受けてしまったと、憂鬱《ゆううつ》にもなった。事情を知ったペンションのオーナーが、ほかの用事もあるので博多まで自分の車に乗せて行ってやるというので、甘えることにしたが、帰りはJRとタクシーを乗り継いで帰ってこなくてはならない。

仕度の手をやすめて文枝は年蔵に、

「いいですか、何も心配はないから落着いて待ってて下さいね」

と言い、帰ってくるのが夕食時に間に合わなかったら用意したものをひとりで食べてくれるようにと、昨夜から何度も言ったことをまた繰り返した。年蔵は顔中の赤い皺《しわ》をてかてかと光らせて笑顔になり、万事了解の意をピースサインで示した。文枝は年蔵がピースサインを指でつくり、首をこくりと振るのを見ると、その年甲斐《としがい》もない滑稽《こっけい》な姿が、年蔵の年齢をいとおしく際立《きわだ》たせるように感じる。そして暖かなやさしい気分になれる。日焼けした厚い顔が、自分のピースサインによってくしゃりと笑い潰《つぶ》れて、顔の奥から、無言のおかしみがひょこひょこと漂い出してくる気がして、文枝もつられてピースサインをした。年蔵の指は節が大きいかたまりになって美しいVの字にはならないが、文枝の方はふっくらとかたちよくサインが決まった。

年蔵に見送られて家を出るとき、ちょうど正面の林の中に、色づいた鈴懸の木が見えた。灰緑色の周囲の木々はまるで風など感じないようにしんと静まっているのに、その木一本だけ、黄色い無数の鈴を枝という枝に懸けたように、ざわざわと動いていた。そのとき文枝は、あの木は間違いなく鈴懸の木だと納得した。それからまた、赤ん坊の一日を考え、その生活に必要なものを頭の中で点検してみた。三日前にダンボール箱に詰められて送られてきたもので足りそうだったが、その中に入っていなかったガーゼと天花粉《てんかふん》は薬局で買ってこなくてはならない。しかし何十年も昔にはあったが、いま天花粉を売っているかどうか自信がなかった。

博多への道は高速道路に入るまでも高速に乗ってからも順調だったが、一般道路に下りて光枝と会う予定の空港にたどりつくまでが混んでいた。文枝は年に数回熊本へ出るし、子供たちの家へ行くとき博多で時間を潰すこともあるけれど、そのたびに自分は束田村の人間であることを自覚させられた。都会の何が嫌いというわけではない。繁華街の活気も若い女たちのミニスカートやハイヒール姿も美しいと思うが、夏ならば家の畑に生ぐさいばかりの香りを放ってぶら下がっているトマト、秋ならば鏡のように顔をうつすやわらかな皮のナスビが懐《なつか》しくなる。さやいんげんも枝豆も白菜もすべてが生ききと家を取り囲み、自分たちの生活を支えてくれているあの場所こそ、別天地のような気がしてくるのである。

「しかし、たった二カ月とはいえ大変ですね。よく決心されたなあと思って」

熊本で車の販売店を経営していたが、親元に帰ってペンション経営に乗り出した増山が、信号で停まったきり動かない車の中で呻《うな》るように言った。学生時代はフランス料理店の厨房《ちゅうぼう》でアルバイトをしたという増山は、大恋愛の末結婚した妻の父親を手伝うかたちで自動車の販売に携わったけれど、その父親が死んだとなるとまた昔の夢が頭をもたげてきて、ついに妻をくどいてペンション業に転職したのだという。東田村を流れる谷川にしゃれた木橋を渡し、川の両側にコテージを何軒か建てたが、売り物はフランス料理、それも川魚や山菜をアレンジしたものである。旅行雑誌で紹介されて夏場は客が来るようになったが、秋冬は閑散としてしまうのはやむをえず、村の中ではとびきりしゃれた三角屋根のコテージ群も、週末といえどもひとつふたつ灯りがつけばいい方だ。博多までこうして出てくるのも、この季節に旅行代理店への挨拶《あいさつ》を済ませておこうということらしい。

「そうねえ、大変ていえば大変だけど、二カ月って、すぐ経《た》っちゃうわ。だって、おたくがペンションを建てたとき、千晶《ちあき》ちゃんはまだ幼稚園に行ってたのに、もう五年生でしょ？　大変ていうのは、もっと長い時間のことを言うのよ。預かる赤ん坊の母親こそ、これから大変よね」

「……赤ん坊を産んだばかりなのにそんな病気とはねえ」

「知り合いのまた知り合いに赤ん坊を預けなくてはならないなんて、さぞ心細いでしょうよ」

「千晶が、いつ赤ちゃんが来るのかってうるさくってね。仔犬《こいぬ》と違うんだし、人形じゃないんだぞって言ってやるんだけど、犬や人形なんかより赤ん坊の方が可愛《かわい》いにきまってるって、えらく期待しててね」

文枝には千晶の気持がよくわかる。村には同じ年頃の子供はおらず、小学校のあるK村の友達の家で遅くまで遊んでいて、暗くなって自転車で帰ってくることが多いと母親もぼやいていた。遊びざかりに近所に友達がいない不幸を考えると娘を叱《しか》ることもならず、親の仕事の犠牲になった娘に親の方も複雑な気持らしい。

道路は混んでいたが、光枝たちが乗った飛行機の到着時間より一時間も早く空港に着いた。

ペンションのオーナーというよりスポーツ選手のように黒くたくましい腕が車の窓から伸びて、

「じゃあ、そのうち赤ん坊の顔を見に行きますから」

と手が振られた。いまや年寄りばかりと言ってもいい東田村のなかで、三十代の増山は何かにつけて頼りにされる存在だし、増山も村の人間の面倒見がいいので、いつしか村の希望を背負うような役目を押しつけられることになった。その増山の車が行ってしまうと、文枝は急に心細くなった。空港というざわめき立った場所も落着かなくさせる。

時間潰しのためにターミナルビルの中の書店に入り、ふと気がつくと育児書のコーナーで本を手にとっていた。孫のためだと行き過ぎる人は思うだろうし、文枝もまた、孫を迎える気分になっていた。

「ベビーの夢」という育児書を一冊買って到着便の出口の椅子《いす》に腰かけて目を通すうち、朝からの心の張りが溶けてふっと眠りこみそうになる。年蔵の声が聞こえてきた。

「晴というのは、しかし妙な名前だね。本当に晴一字なのか」

「そう聞いてますよ。最近は女の子にも子の字なんかつけずに、しゃれた可愛い名前をつけるでしょう？　男の子の名前にも流行があるのかもしれませんね。変だなと思っても、そのうち馴《な》れてくるもんですよ。晴ちゃん、晴くん、晴坊……晴坊っていいですね、言いやすくって」

「てるてる坊主《ぼうず》みたいで、それはおかしいよ」

かたり、と音がして目を上げると、光枝たちの飛行機が着いた知らせが、黄色いランプの点滅で教えられた。デジタルの表示板が、森の中に起きる深夜の風のような音をたてて、かさこそと動いた。

晴が来てからというもの、老夫婦の生活は一変した。

極端に言えばほんのいっときたりとも赤ん坊から気持をそらすことが出来ないのである。可愛さよりも心配でたまらない。もしも何か事故でも起きたら、怪我《けが》でもさせたらとびくびくし、神経がすべて晴に吸い取られてしまったように疲れる。夜も赤ん坊の傍らに添い寝するが、四時間も経つとお腹をすかせて泣き出した。年蔵も晴を挟んで川の字に寝るので、夜中に起こされてミルクやおしめの世話を手伝わなくてはならない。妻が疲れもなく出来るならば自分は別室に布団を移すつもりだったようだが、二、三日手伝っているうち、これは妻一人ではとても無理だということがわかってきたらしい。

子供たちからの多少の仕送りと年金と、五年前に山の木を売った金があるので、田畑から現金収入を得なくてもこの村にいるかぎり生活には困らないが、それでも年蔵は毎日外に出かけて働く。自分たちが食べる野菜や花を作る以外に、杉林の下刈りも彼の仕事である。年蔵は森林組合の仕事もしていて、けっこう忙しいのである。その年蔵が眠い目をこすりながら深夜紙のおむつを広げたり、お湯を沸かしたりしているのを見ると、文枝は申し訳なさで、とんでもないことを引受けたものだとあらためて自分に呆《あき》れた。

晴は頭髪が栗《くり》の実のように逆立ったかんじの、美しい赤ん坊だが、眉間《みけん》に皺を寄せて泣くときは、小むずかしい大人の表情がたちあらわれた。世界を相手に怒り抗議をしているように、堂々たる表情で泣く。晴の泣き声を聞きながら、これは哲学的な泣き方だと文枝が言ったら、年蔵が呆れて、

「そんなことをおまえは昔も言ってたぞ」

と面白がった。

「そうでした？」

「下の子のとき、泣き顔が宗教家か哲学者のようだと言ってたじゃないか」

それからしばらく、夫婦でぐずぐずと昔の思い出にふけるのである。泣きやんだ晴は、眉間から力を抜き去って、眠りについている。

「しかしなあ、こんな半端《はんぱ》な状態で生れてきて、大人の世話を受けなくちゃ死んでしまうなんて、やっぱり人間は妙な生きものだよ」

年蔵が伸びたり縮んだりする晴の足の先を摑《つか》んだまま呟《つぶや》く。年蔵の手の平の中の白い足は、ぼたもちのようにやわやわと色よく、それだけにぎゅっと握りしめたなら潰れてしまいそうだった。

「半端なって言っても、一応何もかも揃《そろ》ってますよ。ほら、おチンチンだってちゃんと

ついてますし」

「人間ももうちょっとまともに育ってから生れてくればいいのになあ。せめて自分で立てるとか」

「人間だけですかね、立てない赤ん坊は」

猿はどうだろう、パンダはどうか、と思いめぐらせてみるが、寝転がったまま動けない赤ん坊は、動物界にはほかにいないような気がする。

晴が眠っているあいだに、自分たちも眠っておかなくてはと思うものの、これまで老夫婦のあいだでは交わされなかった会話が出現してきて、思わず話しこんでしまうのだった。

光枝からは最初のうち毎日のように電話があったが、やがて三日に一度程度になった。一子の手術はうまくいって、癌《がん》の転移もないので安心したという連絡が入った日、文枝はお赤飯をたいて祝い、三十年前に買ったカメラで赤ん坊を真中に置いて記念写真を撮った。この写真を引き伸ばして、裏側に日付を入れ、母親の手術成功を生後五カ月の息子がお祝いをしたかたちにしてやりたかった。写真を小さなパネルに貼《は》って、東京に帰る赤ん坊に持たせてやるつもりである。

増山の娘の千晶は、放課後K村で暗くなるまで遊んでくるかわりに、晴を見にやってきた。抱きたくて仕方ないのをがまんして、母親のように添い寝をして学校で起きたことを話してやったり、切り紙細工で人形を作って晴の頭上にぶら下げたりした。

増山はその様子を見て、文枝に打明けた。

「……僕は子供なんて一人いりゃあ充分と思っていたが……これはもう一人要るかな」

赤ん坊目あての来客は、増山や千晶だけではなかった。村の人間とりわけ年寄りたちが、何だかだと用事を見つけてはやって来て、「ちょっと赤ん坊、見させて下さいねえ」と部屋に上がってくる。そして三十分も一時間も赤ん坊の傍で粘って動かないのである。なかには土のついた顔で頬ずりするのもいて、文枝ははらはらするが、考えてみれば自分たちの二人の子供たちもこうして育てたのであり、下の子のときなど育児にすっかり馴れてしまい、おんぶして畑に出て鍬《くわ》をふるったものだ。重くなったので、里芋の畑にごろんと転がして置いたこともあった。赤ん坊は里芋の大きな葉が風で動くのが気散じになって、泣きもせず上機嫌な声をたてていた。

晴の場合は畑の中や林に連れて行くことなど出来ない。他人からの預りもの、怪我ひとつさせずに返さなくてはならない思いが強くはたらいて、まるで毀《こわ》れ物《もの》のように扱ってしまう。秋の透きとおったやわらかな陽が降ってくる午後、縁側にタオルを敷いて日なたぼっこをさせるくらいだが、それとて何かの拍子に縁側から落ちては大変だと、目を離さず見張っている。這《は》い這《は》いはまだだが、上向きに寝かせていても、いつのまにか俯《うつ》ぶせているので、それを繰り返せば縁の端までたどりつかないとも限らないので油断は出来なかった。

こうしたある日、文枝は疲れが溜《たま》ったせいか風邪を引いてしまい、咳《せき》が止まらなくて食べた物を吐いてしまうまでになった。体は全身がけだるいだけでどこも痛みはなく、熱もたいしたことはないけれど、何しろ夜中の咳がひどくて眠れないので、昼間もぼんやりしてしまう。鼻をかむので鼻のまわりは真赤にただれて、目も充血してしょぼしょぼする。こんなにみっともないことはない。

文枝と親しい坂井田多津という隣人が昼間手伝いにやってきて赤ん坊の世話をしてくれたが、多津がK村の医者に行った方がいいと勧めるので、文枝もしぶしぶ診てもらうことにした。この多津は昔の補助看護婦の資格を持っていて長年熊本で付添婦をやっていたしっかり者で、母親が年をとったので束田村に戻ってきたのだ。その母親も数年前に亡《な》くなりいまは独りぐらし、年も文枝より十ばかり若く、がっちりとした体格で元気がいい。

付添婦としての仕事は相手が老人ばかりだったので勝手が違うと言いながらも、馴れた手つきで赤ん坊を扱うので、文枝も有難かった。

K村の診療所で気管支炎と診断され、抗生物質を飲んでしばらく安静にしているように言われて家に帰ってきてみると、文枝用の布団《ふとん》は敷かれているのに晴がいない。晴用に二つ折りにして使っていた敷布団は畳んで部屋の隅に置かれ、床の間の一段高いところに並べてあった哺乳瓶《ほにゅうびん》やミルク、紙おむつや洗面器なども消えていた。

年蔵を呼んでも家の中にはおらず、大きい声を出すとまた咳こみそうなので、着替えもせずに蹲《うずくま》っていると電話が鳴った。

「帰ってきたのか。医者の方はどうだった？」

年蔵の声である。

「晴ちゃんはどうしたんです？　どこに行っちゃったの？」

気管支炎の報告どころではなく、嚙《か》みつくような声で尋ねると、年蔵はのんびりした声で、

「多津さんが連れて行ったよ。おまえの風邪が赤ん坊に伝染《うつ》ってはいけないし、おまえも少し休んだ方がいいと思ったんで、しばらく多津さんに預ってもらうことにした。いま、多津さんの家に来ているが、持ってきたミルクが足りんので、多津さんに買いに行ってもらってるところだ。多津さんが戻ってきたらわしもそっちへ帰るよ」

受話器を置いたとたん、どっと熱が出たような気がした。

その夜文枝は気分が悪いからと布団にもぐりこんだまま年蔵とろくに口もきかなかったが、本当は年蔵に腹を立てて顔も見たくなかったのである。年蔵が作ってくれたおかゆもひと口すすり、食べたくない、と言った。

年蔵はあんなに晴を可愛《かわい》がっていたのに、平気で人手に渡せるなんて、やっぱり男は薄情だと思った。多津も多津だ。自分に断りもなく連れていくことはないではないか。

胸の底にあいた穴から、気力ややさしい気持、日々の緊張感などがこぼれ落ちてしまって、このぶんでは気管支炎だって治りそうになかった。気管支炎が治らなければ晴は手元に戻ってこないだろうし、そのうち母親が迎えに来ることになる。暗闇《くらやみ》のその先に、もうひとつの暗闇があるのを、すべて見通してしまったような怖ろしい気分だ。こうやって自分はもう、死んでいくしかないのだろうかと、本当に上がってきたらしい熱の中でわけもなく絶望的になる。測ってみると体温計は三十八度を指していた。

文枝のこの不安と恐れは、翌日からさらに具体的になっていった。文枝の体の方は抗生物質の効果もあって楽になってきたし、このまま死んでしまうかもしれないという嫌な予感は無くなったけれど、太陽が遠くに去っていった実感はいよいよはっきりしてきた。

まず毎日のように夕方になると顔を見せていた千晶が来なくなった。千晶は父親に教えられて野の花の名前などに詳しい子で、まだ言葉もわからない晴の顔の前にコスモスや松虫草をかざして説明していた。赤ん坊相手に教師の真似事《まねごと》などしたあとで、色とりどりの草花が晴の布団の上に散ったりしていて、文枝はそれらを拾い集めながら短歌のひとつも作ったりしたのだが、千晶も草花の来訪もぱたりと無くなってしまった。

千晶ばかりではなく、

「ちょっと赤ん坊の顔を拝ませてもらって……」

と遠慮もなく座敷に上がりこんできた女たちも来なくなった。多分いまは、多津の家が賑《にぎ》わっているのだろう。

それにもうひとつ、文枝には不愉快なことがある。

年蔵が頻繁に多津の家を訪れるのだ。

「晴ちゃん、元気だったぞ。ミルクの量がぐんと増えたそうだ。下痢してたのもどうやら治ったみたいだし、やれやれだ」

年蔵は床の中にいる文枝に嬉《うれ》しそうに報告する。夕食を終えて、のんびりテレビを見ていると思ったら急にスイッチを切って、

「ちょっと晴ちゃんを見てくるよ。まだ起きてるだろう」

と片道五分の多津の家にいそいそと出かけて、小一時間も戻ってこないのだ。

暮れてからは行かない方がいいですよと言いたいが、そんなことをわざわざ口にするのも嫌だ。多津との仲をあやしんでいるふうに思われるのもしゃくだし、そこのところが本当に心配かと自分に問うてみても、多津と年蔵のあいだに赤ん坊の話以外あるはずもないのがわかっているので、ことさらにとがめることも出来ない。それに、年蔵の口を通じて晴の様子を聞くのが、いまの文枝には唯一《ゆいいつ》のたのしみでもあった。

早く良くなればそれだけ早く晴が戻ってくる、と思うものの、年をとった体がいったん気管支までやられたのだから、薄紙を一枚一枚剝《は》ぐようにしか良くはならないのだった。

熱も引き、夜中の咳もおさまり、胸の痛みも取れて、明日あたり床をあげようかというう日、年蔵は夕方になっても帰ってこない。七時をすぎて上機嫌で戻ってきて、文枝の傍に来ると、

「多津さんのところでしめじごはんを食べてきた。これはおまえのぶんだ。まだ暖かいから、いま茶碗《ちゃわん》を持ってきてやる。煮物も貰《もら》ってきてやったよ」

と言う。

床に正座した膝《ひざ》の上にタッパーウェアを入れた紙包みが置かれると、中の暖かみが伝わってきて、文枝の頭は混乱してしまった。

「夕ごはん、あっちで済ましてきたんですか」

「うん、家に帰って作るのも大変だろうから食べて行けって言ってくれたものだから、ごちそうになったよ」

「どうしてそんなことをするんです。わたし、嫌です、そんなの、嫌ですよ」

紙包みを放り出して布団にもぐりこんだ。

年蔵の豆鉄砲をくらったような呆然《ぼうぜん》とした顔が、布団の中にまで浮かんできて、怒りと後悔が慌《あわただ》しくせめぎ合った。

「……おい、どうしたんだ」

布団の上に年蔵の手が置かれている。さすがにそれを振り払うことも出来ず、じっと身を縮めていると、文枝の腕は布団の上から摑《つか》まれ、おい、文枝、と揺さぶられた。

やがて含み笑いが伝わってきた。年蔵がふふふと笑っている。摑まれた腕が熱くなった。

「おまえ、妬《や》きもちか？」

図星なので身動きならなかった。しかし、いま年蔵が想像している妬きもちとも、少し違うような気がして、文枝は布団の中から、

「……妬きもちかもしれませんが、晴ちゃんのことです、妬いてるのは」

と強気の声で言った。するとまた、あのふふふという笑い声が聞こえた。年蔵が文枝の体に添うように体を伸ばし、布団ごと抱きしめて耳元で言った。

「……わかったよ、そろそろ晴を返してもらおう。わしが明日行って、晴を連れ戻してくるよ。だからちゃんと、しめじごはんを食べなさい。な?」

文枝は仕方なく起き上がり、年蔵が盆に乗せてきた茶碗と箸《はし》を受けとると、タッパーウェアからまだ暖かいしめじごはんをよそって、年蔵の目の前で食べはじめた。

「お茶が欲しいだろ?」

「ええ」

年蔵の声にいつになく艶《つや》がある。文枝も照れくさくて、年蔵の顔を見られない。それで怒ったような顔つきで、結局タッパーウェアのしめじごはんを全部たいらげてしまった。

多津のもとから晴が戻ってきてみると、晴はまたひとまわり体つきが大きくなった気がする。表情にも奥行が加わり、笑顔は文枝の心を蕩《とろ》かすほどの魔法の力をそなえていた。視線を絡《から》めていると、思わず頬ずりしないではいられない。晴を抱いたとたん、多津への判然としない不快さも消えて、感謝の気持だけが溢《あふ》れた。

「死んでいく老人ばかり世話してきたものだから、このぽちゃぽちゃした手触りが何とも言えずよくなってねえ」

と多津も手放しがたい様子だった。

それからまた十日ほど経《た》ち、そろそろ東京から電話がかかってくるだろうと思っていると、文枝の予感に沿うように光枝から連絡があった。

文枝の気管支炎のことを年蔵から聞いて知っていて、見舞いと詫《わ》びを言ったあと、急に明るい声になり、

「一子さんもその後順調だし、姉さんの方もそろそろ限界だろうから、晴くんを受け取りに行くわ。一子さんに行ってもらってもいいんだけれど、病後の旅行も大変だろうから、次のお休みにでもわたしがそっちに行こうかと思ってる」

と言う。光枝の店は日曜日が休みなので、次の日曜日というとあと五日。文枝は素早く日数を数えて、受話器を握ったまま晴を見下した。晴は口を三角形に小さく開け、鼻の頭に汗を浮かべて眠っている。多津のしつけが良かったのかそれともそういう時期になったのか、最近は夜も六時間はたっぷり眠ってくれるので疲れは少くなった。

「……でも、無理しなくていいわよ、こっちは大丈夫だから」

そんな応じ方をしたあとで、ではこの状態があと何カ月も続いていいのかと自問が起

きた。

気持がぶざまに揺れる。

「姉さんも病後で大変だし……滅多に寝こんだことのない姉さんが病気に罹《かか》ったって聞いて、わたし申し訳なくて」

「急に寒くなったのに、油断しちゃったのよ。晴ちゃんのせいじゃないわ」

「やっぱり次の日曜日に行くわ。大変でしょうけど、この前みたいに博多まで出てきてくれない？　飛行機で日帰りするには、その方が有難いの。ああそうそう、姉さん骨やすめに、大阪にでも遊びに行ってきたら？　博多で赤ん坊から解放されたら、その足で娘のところへ行くってのもいいんじゃない？」

「そうねえ、考えてみるわ」

電話を切り、赤ん坊の寝息を確かめ、縁側に立って背伸びをした。二カ月がたちまちのうちに経ってしまい、いまあらためて例の鈴懸《すずかけ》の木がほとんど裸木になっているのに気がついた。

自分ももう、肩の荷を下ろし、元どおりの生活に戻る頃合いだとは思うのだが、晴が東京に戻ってどんな環境の中で育てられるのか気にかかる。理性では母親の手元に戻るのが一番だとわかっているのに、その母親も大きい手術のあとだし仕事がうまく見つからなかったらミルク代にも困るのではないかか、晴の父親とはいったいどうなっているのか、などと次から次に心配事が増えてしまうのだ。それに、手術はうまくいって癌《がん》の転移はないというが、万が一再発でもすればどうなるのだろう。

ええい、わたしの知ったことか、自分には何の関係もない他人の人生だ、と思い定めてみても、晴の寝顔やミルクを飲むときの穏やかな目を見ていると、とても他人の人生だとは思えなくなってくるのだ。

それでも毎日は確実に過ぎていき、覚悟もそれなりについて、いよいよ明日は別れるという日には、後ほど発送するものと晴に持たせるものとに荷物も分け、写真も宅配便の方に入れ、午後にはほっと落着くことができた。前のときと同じに、増山が送っていってくれるという。日曜日なので千晶もついてくると言い出した。文枝ひとりより、その方が別れも楽かもしれないと考えた。

「おまえは男の子だからな、少々のことにはくじけるなよ」

年蔵も朝から赤ん坊に同じことを繰り返し言っている。明日は連れて行かれちゃうんだってね、と近所の女たちも顔を見せた。多津は手縫いの洋服を持ってきたが、大きすぎて着せるわけにもいかず、別送品の荷物に入れた。

そうしたざわめきの中に、光枝の電話が入ったのである。

ている。

文枝の高い声に、晴が驚いて泣き出し、多津が抱き上げてあやしながら耳をそばだてている。

「……困ってるのよ。おとといの夜は一子と連絡がついたんだけど、昨日からアパートに帰ってきていないの。わたしの留守に、店の方へ電話がかかってきて、気持が落着くまで東京を離れますって伝言があって、何度も謝ってたみたい。何とか摑《つか》まえようと心あたりをあたってみたんだけど、お手上げなのよ。人の好意をこんなふうに踏みにじるなんて、母親失格以前に人間失格だわ」

光枝はよほど参っているらしく、声もくぐもって力がない。疲れきった様子が伝わってくるので文枝も言葉に詰まってしまった。

「少し、様子を見た方がいいんじゃない？」

とようやく文枝が言うと、ほっとする気配が広がり、

「姉さん、あと何日か預ってもらっても、大丈夫？　わたし、一子の赤ん坊より姉さんの方が大事だから、引取りに行って、晴くんの父親だっていう男の家に連れて行ってもいいと思ってるの」

「だって、相手には……」

「奥さんも子供もいるわ。でもこのさい、一子の身内に連絡がつかないんだから、どうしようもないじゃない」

文枝は深い息を吐き、自分の指の爪先《つまさき》を見ながら言った。

「様子がはっきりするまで、このまま預ってていいの。はじめは大変だったけど、馴《な》れちゃったからそれほど困ってもいないし」

数日中にまた連絡する、このまま長く預けておくような迷惑はかけないから、と念を押して電話は切れた。

「母親がいなくなっちゃったんだって……」

困惑の目が一斉に赤ん坊に注がれ、それから文枝に集中した。

一子の行方は判《わか》らないまま数日が過ぎ、光枝は晴の父親だと一子が言った男に会ったり、劇団関係者から一子の交遊関係を聞いたり、ともかく走りまわっているらしいが、当面晴を引取る人間は見つからず、都の相談室に持ちこむしかなさそうだという。

「一子は自殺するようにも思えないんだけどね。これからどう生きていいかわからなくなって、ふらっと現実から逃げ出したんじゃないかしら。だからわたしあのとき、子供は産むなって忠告したんだけど。産めば何かが展《ひら》けると思ったんだね。相手の男は気が弱くて、確かに自分の子かもしれないけど、いま自分が引取れば家庭は空中分解するし、劇団の中でも噂《うわさ》は広がっていて、これ以上具合が悪くなると一家心中だなんて泣き出すのよ」

光枝も何だかやけくそで、その折の電話は酒が入って語尾も乱れていた。

「もうすこし、様子を見ましょうよ」

冷静なのは文枝の方で、ここは持久戦で行くしかないと心も定まった。

こうして四日経ち五日が過ぎて、その間人の心を家の奥に閉じこめておくような雨が毎日のように降り、夜は丹前を着るほど寒くなった。山間の東田村は、毎日が目に見える速度で冬に突入していく。枯れ菊が雨でこごえていた翌朝、雨がやんで枯れ菊も土も霜に覆《おお》われていたりする。そこには明快な一歩、かたりと動く季節がある。

今日はどうにか一日晴れ間が保《も》つだろうと、晴がこの家に来る前にはさして気にもならなかった空模様が、いまは洗濯物のために重大関心事になっている文枝は、朝の空を見上げて安心した。おむつも最初のころは送り届けられた紙おむつを使っていたが、最近は自分流に布おむつにしているので、日に二度洗濯機を回さなくてはならない。

手を拭《ふ》きながら座敷に戻ってきたとき電話が鳴った。傍らの晴は、目を覚ましているが泣くこともなく天井を珍しそうに見上げている。手足を動かした反動で体を半転さすのがうまくなったが、いまはその気がないらしい。

電話は多津からだった。

「たったいまそっちに、若い女が行ったわよ」

と声をひそめるようにして言う。

「……あんたの家を尋ねてきたから教えたんだけど、晴ちゃんの母親じゃないかしら……じゃあ切るわね」

頭の髪に手をやり、さて次に何をどうすればいいのか考えるうち、もう玄関で女の声がした。

出ていってみると、背の高いおかっぱ頭の、顔色の悪い女が立っている。肌は暗い色に覆われているのに口紅は鮮やかな朱色、茶色い足首までのワンピース姿なので、文枝はふとあの世から魔女が降り立ったような気がして、体から力が抜けてしまった。

「あのう、畑山文枝さんのお宅は……」

鼻にかかった弱々しい声に、はっと現実に戻った文枝は、

「……わたしが畑山文枝ですが……あなたはもしかして」

「里中一子です」

どうもすみません、と言ったきり両肩を折り畳むようにそこで頭を下げた。女の声で

年蔵も奥から出てくる。

「晴ちゃん、まだこちらにいますか」

ええ、と頷《うなず》きながら、自分の子を晴ちゃんと呼ぶ若い女の、しかしどこにも若さを感じられない姿に見入っていると、

「いいですか、会わせて頂けますか」

と訊《き》く。

「どうぞ、こっちよ。会わせるも会わせないもないわ、あなたの子よ」

靴を脱ぎ捨てにして座敷に上がった後姿を見て、文枝は女の靴を揃《そろ》えた。ぬかるんだ草道を歩いたハイヒールは濡《ぬ》れて汚れていた。

文枝が座敷に行くと、女はもう赤ん坊を抱き上げていた。文枝と年蔵は母と子にこわごわと近づく。文枝が元気だから何も心配はいらないと言うと、女は子供のように、すみませんでした、の言葉を繰り返し、消え入りそうに首をうなだれて、もうこれ以上御迷惑はかけませんと言った。

体の方は大丈夫なのか、ここまで来るのは大変だっただろう、光枝がとても心配していたと、言いたいことを溢れさせると、一子の方も昨夜はK村の民宿に泊ったことや、昨夜まではこのままどこかへ消えてしまいたいと思っていたのに朝が来るとどうしても

子供に会いたくなった心情などを、前より落着いた声に戻って話す。しかしその様子では、赤ん坊を連れ帰る意志をかためて、ここまでやってきたわけでもなさそうだ。

「いま、熱いお茶でもいれますね」

文枝は年蔵に目くばせして、台所に来た。年蔵も母と子二人だけにして文枝の傍にくると、

「このまま赤ん坊を渡して帰すのは、まずいんじゃないか」

と文枝が考えていたのと同じことを言う。

「二、三日ここへ泊って将来のことを考えてみるようにおまえから言ってみろよ」

「そう言ってみますか」

「言うだけ言ってみろよ」

年蔵と目が合った。引きとめたあとこちらに降りかかってきそうな、いまはまだ予測出来ない事態への不安と期待と困惑が、お互いの目の中に読み取れるものの、とりあえずはそれしかないとお互いの気持はすでに一致している。

「うまく言うんだぞ。赤ん坊を抱えてどっかへ雲隠れされたら元も子もないんだからな」

「わかってますよ」

湯気のたつほうじ茶を盆にのせ、赤ん坊が寝ていたところに来たが、赤ん坊の姿がない。どきりとしてお茶をこぼしそうになった。

縁側に女の後姿があった。胸にはぎこちなく赤ん坊が抱かれていて、目は遠い景色に注がれている。

「何もない山奥でしょ？　でも、空気も水もきれいなのよ」

「わたし、初めてなんです、こういう風景」

圧倒され、吸いこまれるように女が目を泳がせている風景の真中に、裸木になった鈴懸の木がきっぱりとした印象で立っている。

「あの木、プラタナスなの。ほら、パリとか、ヨーロッパの街路樹に……」

鈴懸の木をプラタナスと言った自分の声に照れた文枝は、次の言葉に困って一子の横顔を盗み見た。

夜舟

お忙しいこととは思いますが、どうです、いちどゆっくり夜釣りなどいかがですか、と八穂《やほ》徳馬先生からお電話があったのは、忙しさも極まった、小説の締切りを一日延期してもらったその日のことで、ええ、必ずそのうちに、と松沢素子《もとこ》は気持もそぞろ、鉛筆を片手に持ったまま返事をして受話器を置いたのであった。

夜釣りとはまた浮世離れした遊びだとちょっと心を動かされ、さて八穂先生おいくつだったかしらとざっと勘定してみると、素子の小学校四年の担任だったときすでに四十歳を越しておられたのだから、そろそろ八十歳か。八十歳で夜釣りとはねえ、と呆《あき》れ驚き、いやあ元気なものだと閉口する気持も多少あった。が、そのときはそれで終りだった。

それからまたしばらくたって同じ誘いの電話がかかってきた。素子はちょうど気に入ったスニーカーを風呂《ふろ》の残り湯で洗っていたときだったので、ずるずる滑る手で受話器

を摑《つか》んだまま、

「行きますよ先生、たったいまもそのために運動靴を洗濯してたんです」

と応《こた》えていた。運動靴、という言葉が滑らかに口から出てきたことに満足し、そうだったのか、自分がスニーカーを洗おうなどと思いついたのはそのためだったのか、とあらためて事の成りゆきを自分流に納得した。


八穂先生は、素子の郷里H市の郡部に生れ、教員生活の何十年ものあいだH市から外に居を移すことはなかったし、退職後についた公民館の仕事先へも、海に近い自宅から五、六分歩けば行けたので、素子のように郷里をとび出したまま戻ることのなかった人間にとって彼の存在は、ふるさとそのもののように見える。年賀状には、まるでそれが老後の自分の仕事のように、あそこに広い道路が通った、あの中学校の校舎が建て替ったなどと、郷里の情報が記されてあり、それがまた年を追うごとに細かくびっしりとハガキの隅々にまで及ぶようになったので、これは大変、と読む前から身構えてしまった。大変というのは、素子も老眼鏡を用意しなくてはならない年になったという以上に、これほどの分量の文章は、何やら八穂先生の心の虚《むな》しさを表わしている気もしたからで、いちど深い溜息《ためいき》をつき、覚悟をして読み始める、という身構えが要った。ところがここ二年ばかり賀状が途絶え、御病気かなと思っていたところへの夜釣りの誘いだったので、揺さぶられたブランコからふわりと飛び出すように、出かけてみる気になったのである。

H市に着いたのは、薄い紫色の宵闇《よいやみ》が低いあたりから這《は》いのぼってきて、視線を上げればまだぼんやりと昼の名残りがあるものの身の丈まで薄暮に漬かってしまった時刻で、駅前の商店街など水底《みなそこ》に灯ったあかりのようにどんよりと光っている。

改札口を出たところで八穂先生を探すがそれらしい老人は見当らず、高齢のことゆえ急に体の具合でも悪くなったのかもしれない、十分も待って会えなければあらためて電話をかけてみようと、駅構内のシートのひとつに腰を下したところへ、

「あのう、もしかして」

と三つ先のシートから立ち上がった老女が声をかけてきた。

「ええ、はい、松沢素子です」

老女の声の先をかっさらって名乗ったのは、相手の体のすべてが小さく縮まったとはいえ、彼女の目の裡《うち》に宿る光だけは昔と変らず、そこに子供のころの記憶とぴたり直結するものがあったからで、

「八穂先生の、奥さまでは？」

と問い返すと、

「はい、覚えておいて下さいましたか」

と茶色い強紙《こわがみ》を丸めたような顔が、ふっと弛《ゆる》んだ。

昔何度か先生のお宅へ伺った折の、ふうわりとしてはかなげだった女性の姿が、途中の生活力あふれた時代を素通りしてしまって、いままたはかなげな、風が吹けばどこかへ転がって行きそうな気配でそこに在る。

「先生も奥さまも、お元気そうで何よりでございます」

「元気ではありませんが、どうにかこうして」

「……いつも御丁寧なお年賀を頂きまして、ありがとうございます。それで先生は？」

「舟の用意があると申しまして……年寄りは手際《てぎわ》が悪うございましてね、ひとつことしか出来ません。朝から舟の調子ばかり気にしております。港で待っているからと……」

「まあ、そうでしたの。こちらは簡単にお受けしましたが、先生の方は大変ですよね。御申し訳ありません。先生のお齢《とし》で夜釣りなんて、大丈夫かしらと思っておりました。御無理のようでしたら、わたくし、御夫妻と思い出話に花を咲かせるだけでもよろしいと思いながら、ここまで来たんです」

「いえいえ、折角たのしみにしておりますので。どうぞ御案内いたしますから」

歩き出す老女の後姿は小さく、頭部が素子の胸のあたりを動くかんじで、そのときになってようやくスエという名前を思い出すことが出来た。年賀状にはいつも夫婦の名前が連記されていたのに、カタカナ二文字だったということ以外、記憶がかすんでしまっていた。

思いがけずスエの足は早い。素子の前をすっすっと滑るように歩いていくのだが、頭はほとんど揺れず、肩も動かないのは、よほど歩く訓練が出来ているのだろう。街は夕方の喧騒《けんそう》に包まれている。店先の果物は鮮やかに艶《つや》やかに光を反射し、その前を自転車が洪水のように流れて行くのだが、スエは歩道の段差でさえも速度をゆるめず、かといって急いでいるふうでもなく、同じ速度で脇目《わきめ》もふらず歩く。

年寄りはひとつことしか出来ない、と言ったとおり、歩くときは歩くだけで精一杯なのかもしれず、話しかけて足元の注意が損なわれても悪いと思うので、素子もまた黙っていた。それでもいま自分たちが向かう方向に海があるのは確かだった。ただ、海までの距離は見当がつかなかった。子供のころの海岸線なら覚えているが、あれから何度も海岸線は引き直されているはずで、いったんは新しく出現した海岸通りであっても、そこから先にまたコンクリートの陸地が伸びた。

埋立地に建てられた建物の多くは紡績会社や酒造会社の工場や倉庫だし、これらの会社の積み荷用に作られた船着場は、昔の弓型の海岸と違って、どこからでも出入り自由とはいかないだろう。八穂先生は、港のどこに釣り舟を繋《つな》いでいるのだろうか。

素子の子供のころは、草の原とも砂浜ともつかない斜面がそのまま海に沈みこんでいく海岸線の、西の端の方だけにささやかな岩場があった。そこにはいつも小さな水しぶきが立っていた。台風の翌日など、流木や巨大な水母《くらげ》などが打ち上げられていたことを思い出しながら足を動かしているうち、いよいよコンクリートの倉庫群の中に入りこんでしまったようだ。

船から揚げられた荷物を運ぶためらしいフォークリフトの類《たぐ》いの機械や木箱なども狭い通りの左右に置かれている。鉄錆《てつさび》とも潮の香ともつかない、熟《う》れたにおいがたちこめているなかを、スエは歩き馴《な》れた小径《こみち》のように進んでいく。その様子では港の一部だけを釣人たちのために開放しているのかもしれない。

倉庫で働いている人の姿はない。多分こういう場所は、午前中活気が漲《みなぎ》っていても夕方は早々と眠りについてしまうのだろう。

コンクリートの建物は三階建てくらいの高さだが、窓が開いていないせいか灰色の壁の連なりに見える。突きあたりに海でも見えれば気持も楽になるが、スエの先導で角々を曲がっていくたび空も昏《くら》くなる気がして、夜釣りへのロマンチックな期待より迷路に入りこむような不安が強まってくる。スエの足がとどこおらず、曲がり角で迷うこともないのが唯一《ゆいいつ》の希望で、ついて行きさえすればともかく海には出られるのだろうと素子も覚悟を決めた。

「このあたり、わたしの子供のころは海でした。埋立てられてからは、来た記憶がないのですが、八穂先生はいつもここを通って釣舟までいらっしゃるのですか」

「そうですよ。最近はめったに夜釣りには出ませんが、ここを抜けていくのが一番の近道のようです」

「帰りはもっと暗くなるでしょうし、危なくありませんか」

「小魚をぶら下げた老人なんて、誰も襲ったりしませんよ」

「あ、いえ、そういう意味ではなくて、灯《あか》りの数が少いし、足元があぶないのではないかと思いまして」

「足元があぶないときは、あの人、ふわふわと浮き上がって戻ってきますから」

浮き上がる、というのが面白くて素子は思わず笑った。しかしスエは振向きもせず大《おお》真面目《まじめ》に言って足を動かす。

「そこの黒いドラム缶に触っては駄目ですよ、中はコールタールですから」

路面のどこかを修理中なのか、砂が盛られた傍に黒い液体を満たしたドラム缶が置かれていた。それを覗《のぞ》きこむ続きに首を上げると、細長い菫色《すみれいろ》の空は濃く暗く色を変えている。さらには、近くに街の灯りが密集しているとわかる赤味さえ帯びていて、いまはもうすっかり夜の気配である。

ドラム缶から流れ出た地面の黒い部分を注意深く避《よ》けながら歩く。足先がわずかに埋まる感覚があるのは、タールを流して固まりきっていないのかもしれない。何だか動物の体内を踏みしめている感じがして、膝《ひざ》のあたりまでそのあやうい感触が伝わってくる。

「戦争が終った年、まだ砂地だったこの海岸に、沢山の缶詰が流れ着いたことがあるんです」

とスエは足を動かしながら呟《つぶや》くように言った。老女とは思えない、艶《つや》のあるやわらかい声は、路地を満たす空気を少しばかり甘くした。

「……缶詰、ですか」

「いわし雲がきれいな明るい日でした。みんなが流れ着いた缶詰を拾ったけど、わたしたちは黙って見てました」

わたしたち、というのは八穂夫妻のことだろう。

「缶詰にはアメリカ軍の印が入っていたの。コンビーフやソーセージの缶詰でした。多分この沖で、アメリカの積み荷が海に落っこちたのね。チューインガムやチョコレートを拾った人もいたのよ」

素子の目にも、埋立てる前の海岸の風景は鮮やかに蘇《よみがえ》ってきている。水際《みぎわ》で声をあげながら缶詰を拾う女や子供たちを、八穂夫妻が少し離れたところに立って、じっと見下している姿まで、浮かび上がってきた。

濡《ぬ》れたコンクリートの匂《にお》いの中に、わずかに海の風が混じっている。スエの足が早くなった。海は近いのだろう。


八穂先生の思い出は数かぎりなくあるように見えて、実はそうでもない。霧のように記憶を包みこんでいたものが、年月とともにいくつかの限られたかたまりになって、鮮やかな、そしてもう決して色褪《いろあ》せることのない確かさで、染《し》みついている。折にふれ、記憶の底から取り出してちょっとばかり磨き、それをまた記憶の底に沈めるときに、その時々の感傷や思いでもって、何かをつけ足したり消したりしたかもしれず、その点では必ずしも正確とは言えないのだが、思い出というものは所詮《しょせん》、こうして創造的に温存されるほかないような気もする。

なにぶんにも小学四年のことだから、世界の認識は雛壇《ひなだん》に並べられた人形や花や食べ物のように単純に美しく整理されていたはずだし、だからこそ、その秩序から外れた出来事だけが、記憶に残されたとも言えるのだが……

八穂先生の家は、市の中心にある神社の境内に近い、境内から細い道を一本入った静かな住宅地にあって、神社を遊び場にしていた素子をはじめ何人かのクラスメートは、日曜日など、散歩中の八穂夫妻とばったり出会うことがあった。

神社のすぐ外側を細い川が流れていて、その石橋にキャンバスを立てて絵を描いていた先生の記憶もある。

当時八穂先生は四十歳過ぎで、奥さんはそれより少し若いかんじで、二人はすでに中年の雰囲気があった。それだけに散歩のときも奥さんと一緒、絵を描く傍らにも奥さんの姿があるのは、夫婦とか男女の関わりを越えた、何かやわらかくて心なごむ印象を素子に与えた。

新婚ほやほやの若い先生については、子供たちは陰でこそこそと噂話《うわさばなし》をしたり、遠くから好奇の目で眺めたりしたものだが、八穂先生夫妻に対しては、いくら二人一緒の場面に出会っても、どんなに仲の良い姿を見かけたとしても、ひやかし半分の気持が起きなかった理由は、夫妻の年齢のせいだけではなかった。八穂先生が終戦の何カ月か前に、空襲で女の子を亡《な》くしてしまわれた話が、子供たちのあいだではとうに知れ渡っていたし、それがどの程度の悲劇かは判《わか》らないまでも、何か酷《ひど》く重大な試練だということは感じられて、夫妻のイメージに特別のベールを掛けて眺めていたということがある。

八穂先生の子供はようやく歩けるようになったばかりで、空襲で人々が逃げまどうなかを人の流れとは逆に何かを追いかけていって迷子になり、夫妻がようやく探し出したときは溝の中で死んでいたのだそうだ。戦後生れの素子にはどうしてそんなことになったのかよくわからない部分はあるが、溝の中に人形のように転がった小さな子供の姿が、自分の目で見たことのように印象的だった。

これも現実に起きたこととしてはその前後の記憶が抜け落ちてしまっていて理不尽なのだが、夕陽があかあかと照る中で、素子は八穂夫妻と一緒に風呂《ふろ》に入っていた。八穂家はどうも借家だったらしく、古い造りの真中に中庭がある四角い家で、西側に湯殿があって広い窓が開いていた。この家の間取りについては後に一緒に何度も遊びに行った友達が同じことを言っているのでまず間違いはない。

しかし、先生夫妻と風呂に入ったのはどうも素子だけのようで、開け放した窓から夕陽が眩《まば》ゆいばかりに射《さ》しこんでいたのは、地理的に言って家々が建ち並ぶその一帯ではありえないはずなのに、確かにそうだったのだから仕方ない。

夫妻はまるで毀《こわ》れかかった人形をいつくしむように素子の体を洗ったり顔を拭《ふ》いたりしたが、あのときの八穂先生は教室で見る先生とはどこかが違っていて、素子は恥しさと緊張感で、声も出せずにただ任せていた。

泥んこで遊んでいたところを摑《つか》まえられて体を洗われる破目になったのかと想像して

みるが、ならば別に遊び相手はいたはずで、そっちの泥んこは放って置かれたことになる。

　あのころ子供たちにとって、先生からヒイキされるのは遊び友達を失い、裏切者の烙《らく》印《いん》を押されることだったから、先生夫妻と風呂に入った話は、両親にさえ黙っていたかもしれず、こうした心理が、あの風呂場を照らしていた夕陽を、現実とも夢幻ともわからない色に染めてしまったとも考えられる。

　顎《あご》を上げて首を洗ってもらうとき、夫妻の顔が右と左にすぐ近くにあって、めまいに似た怯《おび》えを覚えた記憶はまるで映画の場面のようで、自分でも信用がならないのだが、素子が特別に可愛《かわい》がられたのは確かで、後になって夫妻が幼い子供を亡くしたことどこかで関係があるのかもしれないと思ったものだ。


「もうすぐですよ、お疲れのところを歩かせてすみませんね」

　スエはさすがに歩速が落ちてきて、追い越しそうになっては並んで歩く素子に、申し訳なさそうに言う。駅からもう、三十分は歩いているだろう。

　駅を挟んで海とは反対側に繁華街が出来ているこのH市では、昔は鉄道からさほどの距離もなく海が始まっていた。わずかな民家と麦畑のあいだを海岸通りと呼んでいた舗装もされていない白い道が一本走っていたきりで、道の左右には麦畑だけでなく、胡瓜《きゅうり》や南瓜《かぼちゃ》を植えた菜園、トタン屋根の小舎《こや》などもあり、ときにはこやしに使う海草が、腐った匂いを駅近くまで漂わせていた。

三十分も歩いたということは、それらすべてを踏み越えて海の真ただ中まで来たことになる。ジグザグに歩いたので正確ではないが、駅から真直ぐ線を引いたとすれば一キロ以上になるのは確かで、そんなにも海を埋立てたのだろうかと後を振り返って測りたくなったとき、突然扉が左右に開くように、建物と建物のあいだに海が現われた。

暗い迷路から抜け出して胸を張るようにして見回す海は、遠くにひとつふたつ舟の灯らしいあかりがともり、船着場は異国の風景のように馴染《なじ》みがない。それでもまだ、空には昏《く》れ残った明るみが薄布のようにかかり、その薄布のかなたには白い月があった。

これが郷里の海かと思うと、とんでもないトリックにひっかかった気がするが、目をこらして遠くを見ると、湾が大きく曲がりこむ位置やそのかなたの水平線近くにぼんやりと霞《かす》んで見えている島のかたちに、見覚えがあった。

「ここが、こんなになっちゃったんですね」

「ずっと以前のことですよ、工場が建てられた時ですからね」

「わたしは初めて来たものですから……八穂先生はどちらにいらっしゃるのかしら」

「あの突き出した桟橋からむこうが、小型のボートを泊めておく場所なんです。きっと待ちくたびれてますよ」

走るようにして言われた方角に急いでみると、水位が低くなって段差の出来た桟橋に、身を寄せるようにして小型の平たいボートが繫《つな》がれている。

中の老人が、空を仰ぐような仕草で素子たちを見上げて、

「やあ、遅かったねえ」

と言った。

暗くて細部までは見えないが、笑っているのがわかる。声は昔のままだ。ただ、高い場所から見下すかたちなので、八穂先生の身長が、昔と較《くら》べて半分ぐらいに縮まった気がする。

ショルダーバッグを先に渡して、コットンパンツの足元に気をつけながらコンクリートの階段を下りていくと、潮気で朽ちた木と、干からびた海藻の匂いが、鼻をついた。それが一瞬、八穂先生の体臭に思えたが、そうではなくて風が吹き溜《たま》るように、港中の匂いもそこに集まっているらしい。

「先生、とうとう来てしまいました」

「話はゆっくり海の上でしましょうか。さあ、こっちへ跳び移って」

素子は漁師のように硬い八穂先生の手で支えられながら、ボートに乗った。

振り向くともう、スエの姿は消えていた。夜釣りのあと、今夜一晩泊めて頂くことになっているので、仕度のために早々と帰ってしまったのだろうか。

エンジンがかけられ、暗い中に青白い煙があがる。するとボートは、海面に浮かんだ桟橋の灯や、天空にかかる月がそこここに下りてきて浮かんでいるらしいあかるみを、切り分けるように進んでいく。

やがてもう、切り分けるあかるみも失《な》くなって、水面に見えるのはボートが吐き出す白い泡だけになった。港の防波堤から外海に出て、暗い沖めがけて進んでいる。

護岸壁や倉庫群に反響していたエンジンの音も、大海に拡散して、いまは体の底に響く低い騒音になっている。

風は人肌に添うように滑らかで、暗闇《くらやみ》の中からおおどかな太古のぬくもりを運んできて心地良い。

ときどき陸から沖に向かって、鋭く空気が駆け抜けた。だがそれもすぐに静まり、舞い上がった髪の毛が、ふわりと耳の傍に落ちてくる。

「先生、いつからこんなボートで夜釣りをなさってるのですか」

舵《かじ》をとる棒の上に片手を置いて、黒いかたまりになった八穂先生に声をかけると、

「もう十年になりますよ。退職して何もすることがなくなったとき、友達からボートを譲ってもらって始めてみたんだが、やめられなくなっちゃってね」

「じゃあ、大ベテランですね。夜の方がお好きなんですの？」

「うん、夜は港も静かだし、出入りする大きい船もいないしね。誰の迷惑にもならないから、やっぱり夜の方がいいねえ」

「でも、万一事故にあったら、昼間なら誰かに見つけてもらえますでしょ」

「そのときはそのときです。僕がボートから落っこちていなくなったら、竜宮城へ行ったと女房は思いますよ」

　エンジンが止まった。マッチがすられて、石油ランプに火が入った。その瞬間八穂先生の老いた顔が浮かび上がる。どきっとするほどの老い方で、この前会ったのが十八年前だから衰え方の激しさは当然だと思うが、声だけを頼りに容姿を想像してきた素子はやはり愕然《がくぜん》とさせられた。頬から顎にかけてが別人のように痩《や》せていた。

「さあ、今夜は何が釣れるかな。タイかな、メバルかな、イカかな、それともアナゴだろうか」

　八穂先生は浮きうきした様子で素子の分まで竿《さお》を用意し、小さいプラスチックの箱から餌《えさ》のゴカイをひっぱり出して針につけてくれた。昼間見たら多分気味悪くて目をそむけてしまうクネクネした虫も、夜目では実感も稀薄《きはく》で、指先でちょっと触ってみる余裕もある。

素子はかつて、といっても大昔の学生のころだが、当時のボーイフレンドに誘われて東北の方で海釣りをたのしんだことがある。そのときに釣りの面白さを覚えたつもりだが、その後は機会がないままだった。舟から身を乗り出し、指先から直接糸を垂らして、根魚《ねう》、という魚を何十尾も釣った。自分が釣ったのは魚屋で名前を聞いたことのないネウという妙な魚だと思っていたら、それはその地方だけの呼び方で、何のことはない、アイナメだったのだ。

ゴカイの頭というか口の方から針をさしこんでいくと、どこかで内臓がぷちと破れる感触があって、ゴカイの体と無数の足がじたばたとあばれるのだが、あの瞬間が何とも言いようがないほど怖く、またぞくぞくと興奮もする。

初めて釣りを経験したあと身についたのは、煮魚を食べるとき、用心深く腹部を点検する癖だった。もしやここに釣糸やゴカイがあったら大変と、箸《はし》でそっと魚の腹壁を持ち上げて覗《のぞ》きこむのである。

「先生、いまタイとかメバルとかイカとか仰有《おっしゃ》いましたけど、そんな魚がみんな、この釣り針にひっかかってくれるのですか」

「さあ、それは僕にもわからんねえ。釣れた魚を見れば、ああ、こいつが釣れるのかと見当がつくんだが」

「そんなあ、釣ってみなければ何が釣れるのかわからないんですか」

「そういうもんです。どうせ目的をもって糸を垂らしたってうまくはいかないんだから、向こうの勝手にまかせてた方がいいんだ」

先生の真似《まね》をして短い竿をボートから差し出した。細くてやわらかい竿の先からするすると落ちていくものがあって、やがて蛍光塗料の塗られた浮きだけが海面に残った。音は何もない。ボートに這《は》い寄ってくる波もなく、ボートの下の何十メートルもの深さの水も、天空の何万メートルの大気も、同質で同じ濃さに感じられる。つまりボートは、宇宙の真中にぽつんと漂っているのである。

月を探すと、比較的低い位置に、それも干からびた西瓜《すいか》のひとかけらのように薄青く光っていた。

浮きはぴくりとも動かない。タイだのメバルだの、そんな食卓に並びそうな魚がいる気配はまるでない。素子の知識では、魚だって暗いうちは食欲もなく眠っていて、早朝、海の中が明るくなって餌を探すのではないかと思うが、イカぐらいは釣れてもいい気がする。イカ釣り舟は明るい光を利用してイカを獲るのだから。

しかし石油ランプ一個が、ボートの真中に置かれているだけなので、これではどうしようもない。

「先生、何でもいいから餌を食べてくれませんかね」

「退屈ですか」

「いえ、ゴカイが可哀相《かわいそう》な気がして」

「浮きを見てるより、陸を眺めてる方がたのしいですよ。僕はここから、陸を眺めるのが好きで夜ボートを出すんだ」

　そう言われて目を上げると、先程まで倉庫の建物が重なるように建っていた黒いかたまりが闇に溶けて、防波堤の直線さえ消えてしまっている。

　まだいくらか明るみの残っているころに、この目で確かめておけばよかったと素子は残念に思う。いまどう目をこらしたところで、海と陸はほとんど境界もなく繋がっており、手前の海面とおぼしきあたりがかすかに灰色を帯びていて、建物の群立が濃い墨を流したように見えるばかり、その中に暗い灯がぽつぽつとまたたいているので、そこは多分陸地に違いないと見当をつけるしかなかった。

　しかし陸の灯がまたたくものだろうか。海面からたちのぼる蒸気がいたずらでもしているのか、それともあれは、誰か人が手に持つトーチだろうか。

月は何とも弱々しい光しか投げかけてこないが、それにしてももうすこし陸地の様子がはっきり見えてもいいものを、と素子は自分の目をこすった。

「奥様、まさかわたしたちが魚を持って帰るのを待ってらっしゃるんじゃありませんよね」

と素子が笑いながら言うと、

「ええ、待ってると思いますよ、娘も僕の釣った魚は何でも美味《うま》いと言います。このまえなんかサヨリを二十匹も釣って帰ったら、父さんは天才だと誉められた」

若やいだ声で応《こた》える。

「それは大変だわ。がんばって何でもいいから釣らなくては。お嬢さんまでがっかりさせてしまっては申し訳ないもの」

と言い、はっとなった。八穂先生の娘さんは、まだよちよち歩きのころ亡《な》くなられたはずである。

「……お嬢さんがいらしたんですか。てっきり御夫婦だけかと」

「いますよ、ずっと前から」

「……それは存じませんでした。いつもお年賀には御夫妻のお名前しかなかったものですから」

「娘はひとりだけです。この年になって夫婦だけは寂しいですし」

　ということは、養女をもらったのだろうか。

「……それで、お嬢さんはいま、おいくつですの」

「あなたと同じですよ。同じに決まってますでしょう」

　そう力強く言われても素子には何のことやらわからず、ともかく夫妻に自分と同じ年の養女がいることがわかって、ほっとした。

「……それで、いつから娘さんと御一緒に暮してらっしゃるんですか」

　やはり気になるので訊《き》かないではいられない。

「ずっとずっと昔ですよ。覚えてないのですか」

「いいえ、わたしは覚えてません。いつでしたか先生のお宅へお邪魔したことがありました。それが本当にあったことなのか夢なのか自信がないのですが、御夫妻と一緒にお風呂《ふろ》に入った記憶があるのですが」

「ええ、そういうことがありました」

「じゃあ、あれ、確かにあったことなのね」

「そうですよ、頭も顔もあぶくだらけで本当に可愛《かわい》らしかった。あのときからですよ」

「何がですか」

「あのとき、うちの子が出来たんです。もう何十年になるのかなあ」

素子の体はその一瞬、すべての動きをとめて、死んだ人魚のように舟から乗り出したまま身をかたくした。

うちの子、とはどういう意味だろう。舟べりを小波が叩《たた》いた。目をこらすと波は人の手のように海中から伸びてきて、戯《たわむ》れるように舟の横腹に触わり、すっと消える。八穂先生を見ることが出来ないまま、無言で海面を見続けていると、背後からのどかなやわやわとした声がかけられた。

「実はあの日、女房のスエと決心したんですよ。この子は死んだ娘にそっくりだし、きっと生れかわりに違いないから、大切に育てようってね」

……素子の決断は素早かった。こういう場面で逡巡《しゅんじゅん》を長びかせるのは、相手を傷つけることになると思ったのだ。

「それはよかったわ。あの日先生に、わたしそっくりのお嬢さんが、お出来になったわけですね」

「そうです、お風呂から上がって、娘と一緒にアイスクリームを食べました」

そういえば、そんな気もする。アイスクリームというより、アイスキャンデーのような白い棒を貰《もら》って食べたような……

老耄《ろうもう》の症状のひとつに、昔の出来事の一部だけが、極めて鮮明に、つい数時間前のことのように存在し、その鮮明な一点の記憶が、バイオ技術による細胞増殖のように、別の妄想世界を作ることがあると、何かの本で読んだことがある。

八穂先生はもう八十歳なのだから、その頭の中に何がどのように息づきはびこっていたとしても、不思議ではないのだ。

「……お嬢さんのお名前は、何て仰有るのかしら」

「素子ですよ、決まってるでしょう」

暗い中で、老いて縮んだ顔が、少年のように笑った気がした。素子は愉快になった。魚が釣れても釣れなくても、構わない気持になって、短い竿をタクトのように振りながら、小学校の校歌を歌った。何十年も口にしていないはずの校歌が、滑らかに口からこぼれ出ていくのが不思議だった。

「……わたしにそっくりなお嬢さん、毎日何をなさってるのかしら」

「海が好きでね」

「ええ、わたしも海が大好き」

「浜辺に出て、毎日のように磯《いそ》遊びをしていますよ」

「わあ、それは素敵だわ」

それが出来たのは素子の子供のころで、素子もしょっちゅう、海辺でままごとや戦争ごっこや、宝拾いをして遊んでいた。

「磯遊びって、浮きうきしちゃうわ。風の強い日とか、雨の日の翌日は、それぞれにいろんなものが浜辺に打ち上げられてる……珍しいものをみんな拾って帰って庭の隅に並べて宝物にしたものだわ。ああそうそう、さっきスエさんからお聞きしたんですけど、昔、アメリカ軍のマークがついた缶詰やチョコレートなどが、この海岸に打ち上げられたんですってね……」

まずいことを訊いたかな、と一瞬気になったが、八穂先生に特別の反応は表われなかった。何というか、夫妻の弱点、触れて欲しくない記憶を刺激する光景ではないかと恐れたのだが、彼はまた以前と同じ声で別の話を始めるのだ。

「……毎日海辺で遊んでる娘は、面白いことを発見したんです。その日によって、浜に打ち上げられるものがまるきり違うって言うんですよ」

「ええ、なるほど」

「……ある日はヒトデばかりが砂の上に残されて何十個もひっくり返ってる。別の日は水母《くらげ》だったり」

「そうね、本当にそうだったわ」

と素子もそのことを思い出した。

「前の日は小さなフグが何十尾もお腹をふくらませて転がっていたのに、どういうわけか翌日はフグが全部消えてしまって、昆布の切れ端ばかりが打ち上げられてたり——どうしてなんでしょうね。考えてみると本当に不思議だわ。いちどなんか、白骨化した小鳥の死骸《しがい》がいくつも見つかったことがあったわ。標本みたいにきれいに洗われてキラキラ光ってたの。飾っときたいくらい可愛かったわ」

「だって何億年だからね」

「え」

「だから地球が生れて何億年だもの」

いや、地球の歴史なら何十億年だろうが、そんなことはどうでもよかった。

「……何億年も、いろんなものがこの海の中に眠ってて、それが何かの拍子にひょいと、ね」

と八穂先生は、昔教壇で喋《しゃべ》ったようなおどけた口調で言った。

「……ええ、それが何かの拍子にひょいと浮き上がってきて……浜辺に打ち上げられて人の目に触れるんですね」

と素子も、その得体の知れない海に目を預けたまま言った。

やがて黒い水が、地球の億年の記憶を包みこむ膨大な頭脳のように見えてきた。素子はまた、八穂先生にではなく自分につけ加えるように呟《つぶや》いた。

「……昔、丸く削られた赤い硝子《ガラス》や、古い磁器のかけらのようなものや、獣の骨らしいきれいな白いかたまりなんかをいっぱい拾いましたが、ああいうものって、打ち上げられたときちんと拾い上げてあげないと、ふたたび海に戻っていったら、もう二度と人の目には触れない運命なのかもしれませんね」

八穂先生の頭の中には深い深い海があり、多分自分もまたそうで、ふとした風や波や潮流のせいで、自分でも思いがけないものが浜辺に打ち上げられてしまうのだ、と素子は思った。どうしてこんなものが、と当の本人が驚き、当惑し、それでもこわごわ手にとってみる、ということだって、きっとあるに違いない。

ああっと八穂先生の声がして振り向くと、釣り竿《ざお》に魚がかかったらしく、必死でリールを巻いている。

「釣れました？」

素子は自分の釣り竿を手に持ったまま、先生の傍ににじり寄って海の中を覗《のぞ》きこんだ。灯りを持ち上げて照らすと、わずかに緑色を帯びた暗い中から、紙きれのような白いものがひらひらと浮き上がってきた。

ボートの中に落とすと、それは素子が魚屋でも水族館でも見たことのない、銀色の平たい、細身の魚だった。

「やっぱりこいつが来たか」

と八穂先生は、嬉《うれ》しそうに懐《なつか》しそうに言うので、この魚の名前を素子が尋ねると、

「ここでは、ヒカリウオって呼ばれてる魚です」

と言う。

ヒカリウオとは、また単純で卒直な形容である。先程より傾き方が大きくなった月によく似た、鈍い銀色に光り、かたちさえもそっくりである。

「今夜のお月さまにそっくりの魚ですね」

「うん、大きさもそんなもんだな」

言われて月と魚を見較《みくら》べると、両方とも約二十センチくらいだろうか。

それからは不思議なことに、次々とヒカリウオが掛かり始めた。

八穂先生の竿だけでなく、素子の竿も入れ喰いである。

餌《えさ》をつけるのが面倒臭くなって、何もつけずに針を沈めても、やはりヒカリウオは喰いついてきてはねる。

こんなにも海の底に、お月さまが棲《す》みついているのだろうか。素子は海の底のお月さ

まと格闘している気になった。

どれほどの時が経《た》ったのか、素子にもわからない。

「先生、もうそろそろいいんじゃありませんか」

振り向くと、ボートの中はヒカリウオで溢《あふ》れ、まるで銀色の液体を満たしたような一面の輝きである。しかも銀色の表面は、しずくが跳ねるように動きざわめき、ピチピチと音をたてて泡立っていた。

「わあ、先生大変ですよ。このまま釣り続けてたら、ボートが沈んじゃいますよ」

八穂先生の体も、ヒカリウオに腰まで埋まって窮屈そうである。

「そうだねえ。もうそろそろやめようかね。こいつが釣れはじめると、何だか途中でやめられなくなってしまうんだ。いつだったか、このまま一緒に、海の底に沈んじゃってもいい気持になったよ。だけど、今日はスエが僕たちを待ってることだし、そろそろおしまいにした方がよさそうだね」

「ええ、もう食べきれませんわ、こんなに沢山ですもの」

二人は釣り竿をしまい、八穂先生が苦労しながらエンジンをかけた。ボートの中を、まるでヒカリウオを掻《か》き分けて泳ぐようにしなければエンジンのところにたどりつけないのである。

エンジン音に驚いた魚が、五、六尾跳ね上がって海に還《かえ》っていった。その瞬間、月が笑うように明るくなった。

白い光を満たしたボートは、陸地とおぼしき方角に向かって走る。時計を見ることが出来ないので、何時だかわからないが、これだけの数の魚を釣り上げたのだから、夜もだいぶ更《ふ》けたに違いない。

ヒカリウオは素子の下半身を埋めて、相変らず泡立つように動いているのだが、魚のにおいはしなくて、ひんやりとした、水のような苔《こけ》のようなにおいがするだけなので、少しも気持悪くないばかりか、滑らかな手で肌を撫《な》でられているように心地良い。

やがて陸地が黒々と迫ってきた。どこかで防波堤を通り過ぎたはずなのに、気がつかなかった。

ボートは真直《まっす》ぐ黒い山のかたちめざして進んでいる。

「先生、山のかたちは昔と同じですよ。海から見たときの、何ていうのかしら、胸を張って顔をちょっとそむけたようなあのかんじ、覚えてますもの」

と言ってはっとなった。

どうして海からあの山が見えるのだろう。昔は海岸のむこうに、あの山が居すわっている景色がたしかにあったけれど、いまは海岸も埋立てられ、そこに倉庫群や酒造会社、紡績会社の工場が建ち、山の姿など隠してしまっているはずだ。これだけ陸地に近づいたのに、まだ山のかたちが稜線《りょうせん》の下の方まで見えるというのは、そこに建ったコンクリートの建造物がすっかり取り払われたとしか思えない。

やがてそれがはっきりした。素子が想像したとおり、一段と白光《びゃっこう》が強まった空の下に展《ひろ》がる景色は、埋立てられる前の、片側に岩場がある弓状の海岸で、目をこらすと、海岸に打ち寄せる白波が、線のようにも帯のようにも暗い中に浮き上がって、動いていた。

「……先生」

「さあ、帰ってきたよ素子」

背後から聞こえる八穂先生の声も、何十年分か若返って聞こえる。

もっと近づくにつれ、海岸の狭い砂地や、その砂地が斜面になって陸地をつくるあたりに、茅《かや》の帯がさわさわと夜風を受けて揺れているのや、その上の畑のためにある、丈の低い木の小舎《こや》などもくっきりと見えてきた。

景色の底から、干からびた海藻や畑の野菜、さらには打ち上げられて腐熟した木屑《きくず》や植物のにおいなども漂いのぼってきて、素子はただ懐しく切なく、ふるさとのもつ圧倒的な力によって、身も心も溶かされてしまいそうだ。

「ほら、あそこでスエが手を振ってる」

海岸に立って手を振っている女がいる。待ちわびたものが戻ってきたよろこびに溢れた手の振り方だ。

スエの傍らに木の風呂桶《ふろおけ》のようなものがあって、湯気が立っているのも見えてきた。いやその反対側の平らな砂地には茣蓙《ござ》が敷かれ、その上に料理が並べられているではないか。

今夜はここで風呂に入り、八穂夫妻とヒカリウオを食べて、二人と一緒に眠るのだ。

素子は自分や自分たちのボートが、億年のかなたから浮上し、浜辺に打ち上げられる白いかけらになったような気がした。

洞窟

まぶしく光る海面すれすれに、ユリカモメの群れが飛び回っているが、いまのところ壮一の舟に近づいてくる気配はない。

壮一の舟の単発エンジンは海面に白い帯と無数の渦を残しながら、矢戸岬を回ったばかりである。

矢戸岬を回りこめば『七ツ穴』と呼ばれる洞窟群《どうくつぐん》が巨大な岩壁に口を開いている。大小のこれらの穴は七つどころか十四、五個もあるだろうか。岩壁をなす層は板を重ねたように形状が珍しいうえ、それらの層が何万年もかけて波にうがたれて出来た穴は、内部から見上げると板状の断面が鬼の歯のように恐ろしげにむき出しになっており、奇観としてこのあたり随一の観光名所になっている。

客があれば近くの港から小舟を出してこれらの穴の中を見物させて戻ってくるのが壮一の仕事だが、いまは彼ひとりである。ウイークデイの今日は昼間家族連れを四人乗せただけで、結局一回こっきりの遊覧だった。

『七ツ穴』の一番大きいものは、干潮時の海面から穴の天井まで十五メートルはある。壮一が知るだけでも四つは奥で繋《つな》がっていて、くぐり抜けて別の穴に出ることが出来るが、天気が良くても海にうねりがあるときは、注意しなければならなかった。一番小さい通路は、うねりが高くなると、くぐり抜けるとき舟ごと持ち上げられてお客が岩の天井に頭をぶつけることがある。そういう危険があるときは、いったん外海に出て、外側から穴に入っていく。

壮一が頭を働かせ自分で判断しなくてはならないのはこの一点と、お客の洋服を濡《ぬ》らさないことぐらいだが、大した危険もない遊覧なのに無事港に戻ってくるとほっとした。

地元の高校を卒業して、叔父の世話でこの仕事についたのが一年半前で、海は嫌いではないがこのところ辞《や》めることばかりを考えている。漁業組合の世話役をしている叔父に、切り出すタイミングを待っているのだが、何か言い出そうとすると、叔父も心得ていて小遣いを握らせる。ガールフレンドは街へ出てハンバーガーショップの店員になり、夜は美容学校へ通っている。その街はさほど遠くはないが、週末に忙しくなるこの仕事だと、ガールフレンドと会うことも出来ない。

やはり叔父に言い出して、今月一杯で辞めさせてもらおう、と決心した日、壮一は

『七ツ穴』の近くで奇妙な物を見たのである。

客は中年の女性三人連れで、海も凪《な》いでいて、観光コースもいつもどおり、最後の洞窟を見物して出てくるとき、出口から七、八メートル奥に空いた横穴に、ちらりと赤い色が見えたのである。

横穴は幅が三メートル足らずで、多分奥の天井に穴があいているのだろう、ほの明るかった。しかし奥が深く、赤い色が何なのか一瞬通り過ぎただけでは判《わか》らず、ただ赤い色だけが目に残ったのだ。

波が作り出した造形は手がこんでいて、遊覧船が中で方向を変えて出てこられるほどの大きい洞窟なら、こうした横穴も洞内に無数にあって、横穴の大きさも深さもまちまちである。中の明るさもさまざまで、大きい洞窟に押し入った波が中で四方八方に砕けたあげく、横に向かってさらに小さな穴をうがって出来たものだと考えられる。

観光客は天井に懐中電灯を向けて、拍子木を何万本も束ねて貼《は》りつけたように見える形状に溜息《ためいき》をついたり写真をとったりするので、横穴に目が行くのは壮一だけだ。それも通り過ぎた瞬間に目にとびこんできた赤なので、何だろう、と奇妙に思ったもののそのときエンジンを止めたりはしなかった。

そしてその日の夕方、一人で舟を出して見に行ったのである。

西陽をほぼ真正面から受けている洞窟の入口は周囲が褐色に燃えているぶんだけ中の闇《やみ》は濃く、入りこんでしばらくは横穴の位置さえ確かめられずにいた。これは本当に鬼の口かもしれない。いつもは客に説明しながら何の実感もなかったのに、エンジンの出力も落として汗が引くのを待つうち、洞内を渡る風さえ人の息のようで、ポロシャツから剝《む》き出しになった腕をざわざわと撫《な》でてくる。

赤い色が見えた横穴の前まで来て覗《のぞ》きこんでみたが、さっき確かに見えたはずの一瞬の色はどこにも見当らなかった。

しかしあれは、目の錯覚ではなかった。壮一には自信があった。それも暗い中の赤ではなく、そこだけに光が落ちて輝いているように鮮やかだった。

彼は、舟の先を横穴に向けて進入を試みた。舟はぎりぎりの幅まで進入可能だし、多少脇腹《わきばら》をぶつけたとしてもいのち取りにはならないが、怖いのは水深である。深度はありそうだから大丈夫だとは思うが、中から岩が突出していないとも限らず、舟底を乗り上げればそれでおしまいなので、ゆっくりゆっくりと、十センチ刻みのスピードで入っていった。

横穴は、入口より奥の方が広くなっていたし、このぶんなら逆推進で出られると踏んだ。

十メートルばかり入ったところで、横穴はくの字に曲がり、目より少し高い位置に岩がせり出していた。

しかし壮一が最初に気づいたのは、その岩の上にあるものではなく、すぐ下の浅い海中に沈んだ赤い布だった。

ああ、この赤だ、と思わず覗きこみ、水中二メートルばかりのところにふうわりと広がった赤い布が、どうやら女の着物らしい、と思った瞬間、誰かに呼ばれるように目を振り上げた。

女がいた。裸の女が片手を伸ばし、岩の上に顔の片側を乗せるようにして眠っていた。

壮一はそのとき、確かに眠っていると思ったのだ。だから恐怖も驚きもなかった。

エンジンをとめ、手をのばせばその指の先にならば触れられそうな近さで、目を閉じている女を観察した。ボートの高さからは女の全身を見ることは出来ないが、全裸らしい。クロールで片手を伸ばしたまま静止したようなポーズで横たわり、肌の色は透きとおるばかりのピンク、陶器のように肌理《きめ》こまかく、壮一はふと西洋のビスク人形を思い出した。布で磨きたいような色艶《いろつや》もある。

壮一は出来るだけ女の顔に近づいて、そのまつげの長さに身震いし、ぬくもりがこもっていそうな唇の色に、胸が熱くなった。

しかし女は、息をしていなかった。

それをさらに確かめようとして背伸びをしてみたが、舟がぐらりと揺れただけで、女の体にまでは手が届かなかった。

壮一が見たときは、女の体に着物が掛けられていて、それが洞内の風で水中に落ちたに違いない。頭上に直接空は見えないが、一カ所光がこぼれてくる場所があり、風もそのあたりから吹きこむのかもしれなかった。

彼はボートの中を移動し、可能なかぎり女の体を確かめたが、どこにも血は流れておらず、怪我《けが》の傷も目に入らなかった。首を絞められたとも思えず、その顔は眠りながらかすかに微笑しているようにも見えた。ただ、髪の毛が首にかかり、濡れているようなのが気になった。

苦労しながら横穴を出た壮一は、低くなった西陽で目もくらみそうな海にぼんやりと心を放ちながら、しばらくは女のことを誰にも言わないでおこうと思った。決心というほどのことではない、ごく自然な、どこにも強張《こわば》りのない結論だった。誰かに話せば、警察が来てあの女の体は横穴から運び出され、男たちの好奇の目で検査され、もしかしたらメスで切り刻まれるかもしれない。たとえこれが何かの事件だとしても、あの女はもう息をしていないのだし、十日後に発見されたとしても同じことなのだと考えた。

彼は二日後に、ふたたび女のところへ行った。女の肌はわずかに青味がかっていたが、大きい変化はなかった。女の表情はそのままで、のばした指先が濡れていた。洞内の水滴が女の体に落ちたのだろう。不思議な匂《にお》いがたちこめていたが、壮一にとってそれは、嫌な匂いではなかった。潮の匂いが混じった、濃密で絡《から》みつくような、花が腐っていくときの匂いで、壮一はかつて、庭の片隅や海岸のくさむらで、この匂いを嗅《か》いだことがあった。

さらに二日経《た》って出掛けていったとき、女の顔には紫がかった赤味が戻り、目のまわりが泣いたように濡れていた。目の周辺がわずかに窪《くぼ》んで見えたが、その窪みのために女の微笑がよりはっきりと感じられた。

そしてあれからきっかり十日が経った。

壮一は覚悟を決めていたのである。

十日間もあの女を寝かせておいた以上、もはや自分のものだけにしておくことは出来ないし、初めて見つけたようにして、警察に言うしかないだろうと考えていた。

女の体はもう、男の視線を受けても恥しくないまでにかたちを崩しているだろうし、そうなれば、あの美しい思い出は自分だけのものになる……

彼は最後の別れをして、港に戻ったのち、このことを警察に言うつもりだった。

横穴への入口は、何度も出入りしたので様子も呑《の》みこめて操船は楽だった。彼女に会えたら、最後に、ありがとう、と言うつもりである。骸骨《がいこつ》になっていたとしても、それを目に焼きつけてくるつもりだった。壮一はまだ女の体を抱いたことはなかったが、そのすべてをすっかり識《し》ってしまったような気がしていた。何もかも彼女が教えてくれたのだ。

女を驚かせないようにゆっくりと入っていき、あの岩の前まできて、壮一はぎくりとなった。

女が消えている。

手の位置、顔の角度まではっきり思い出せるのに、彼女はそこにいなかった。

泣き出しそうになった壮一の体が、ふいに背後から抱きすくめられた。それが誰だか、彼にはすぐわかった。彼は自分の体に掛けられた赤い布を、指でそっと触りながら、照れくさそうに振り返った。

ドン・ジョバンニ

体の変調と呼ぶにはいささか甘やかな、官能の揺らぎと言ってもいい不安定な波が草刈美津子に押し寄せたのは、ウイーンに向から飛行機がパリを飛び立った直後の、機体が水の激しい抵抗にあいながら必死で上昇を続けているかに見える、細かい震動音の中でだった。

美津子は右手を胸に置いて視線を落とし、体内で湧《わ》き起こった波の逃げ所を探して深い溜息《ためいき》をついた。

「どうかしたの」

隣の席の陽子が小声で尋ねたが、陽子の向う側に座っている脇子《わきこ》は気づいておらず、飛び立って五分も経《た》っていないのにもう機内誌のショッピング頁《ページ》を開いている。

胸に置いていた手を下すと、陽子も安心して前を向いた。

窓際《まどぎわ》の美津子は、陽子の視線から離れるために窓に顔をくっつけた。パリに着いてすぐにウイーン行に乗り替え、いま紫色に暮れかかるパリをあとにしている。後方にはまだ明るみが残っているのに、前方の空は異様に暗く、夜はこんなふうにして大地を呑《の》みこんでいくのかと思うが、どうやら雨雲のせいもあるらしい。迷路の中に突っこんでいくようで、また右手を胸に置きたくなる。それは美津子が、自分をどこか確かな場所に押しつけ安定させたいときにする、ほとんど無意識の仕草だが、そうしてみたところで手指が心音をとらえるだけで、少しも気持が落着いてはくれないのである。

体の奥がざわめいている。得体の知れない生きものが丸くなって棲《す》みついている。押さえつけておかないと、主《ぬし》に向かって飛びかかってきそうな気配がある。

動悸《どうき》が激しく打っている。いったいこの体の奥は、どうなっているのだろう。いますぐにでも男の体を受け入れられそうでいて、そんな場面が出現しても、強く拒絶するのはこの体自体である。意志の力が拒絶するのではなく、拒絶もまた体の反応として片方にしっかりと用意されている。

更年期障害という言葉には甘さも官能性もない。煩《うる》さく困難な障害ばかりを言われているけれど、誰も、そしてどの本も、いまの美津子に起きているような、性的な混乱を挙げる者はおらず、そうしてみるとこの変調は、年齢から来るものとは別なのかもしれない。

そういえば脇子が、ウイーンに行こうと言い出したときから、妙な生きものが体の奥に棲みついた気がする。

年に一度、国内を二泊程度で旅行してきた高校時代の仲間三人だが、四十代最後の記念に海外へ行こうという話になり、三人共パリやロンドンへは行ったことがあるので、ちょっと遠いけどウイーンはどうか、と脇子が言い出したのだ。

「なぜ、ウイーンなの」

美津子が何気なく訊《き》くと、

「ほら、あの『第三の男』、大観覧車が回ってる映画。あれ、ウイーンだったでしょ?」

その程度でしかない動機を勿体《もったい》つけて言ったあとで、社会主義の国も見とかなきゃね、などと言う。オーストリアは社会主義国ではないはずだと言うと、ヨーロッパのはずれなんだから同じことだ、と主張して引っこめなかった。

「『会議は踊る』も、ウイーンが舞台だったわよね」

映画やウインナーワルツ、二、三の音楽家以上のものを他の二人は思いつかないらしく、そのどこかノスタルジックでメランコリックなウイーンのイメージを、旅行への期待感にまで高めていく会話に加わりながらも、美津子の胸の中には、別の妖《あや》しい火がくすぶりはじめていた。二十代の終りに、あとにも先にもないほど激しく恋をして、放り出されたという以上に足払いにあったような男が、いまもウイーンのどこかに住んでいるはずだった。それ以来、ウイーンの名を聞くたび、火傷《やけど》の傷痕《きずあと》が、暖炉の火にひりひりと痛み出すような複雑な反応が起きるのである。不快や憎悪《ぞうお》と呼ぶには、肉体が覚えている甘さが強すぎ、懐《なつか》しさと呼ぶよりも、無論腹立たしさが先に立つ。

美津子はその恋の終りと同時に、アパレル業界から足を洗い、穏やかで誠実なサラリーマンと結婚した。一人息子も大学に入り、陽子や脇子もそうだが、お金にもそこそこ不自由なく、結婚生活の実《みの》りをたのしむ余裕も与えられている。

恋愛の相手には、知り合ったときすでに妻がいて、妻の実家の援助で音楽の勉強を続けるためにウイーンに行ってしまったのだが、その妻とは結局別れたと聞いた。美津子が別れの原因となったのならまだしも、美津子はその男の人生に何の幸も不幸ももたらしはしなかったのだ、と考えると、いまでも呆然《ぼうぜん》となることがある。

男の名前は白木行美《ゆきみ》というが、音楽家の名前として目や耳に入ってくることはついになく、もしかしたら日本に帰ってきているのかもしれないが、美津子にとっては、ウイーンに行ききりになってくれていた方が気が楽である。だから、実際にはどうであれ、白木行美はウイーンにいるものと思い決めていた。

映画俳優のようなハンサムな男でもなく、バリトン歌手をめざすだけの美声の持主という以外特別な能力に恵まれた男でもなかったが、ああいうのを本当の意味で悪い男というのだろう。いつも、誰に対しても、……です、……ます、の丁寧な言い方をし、それがまた身についていた。女に強引に迫ることなどしなくても、その物静かでやわらかい口調に、吸いこまれていく魅力があった。そして、いったん吸いこまれたのちは、身も心もとことんまで剝《は》ぎ取られ、切り刻まれ、このままつき合っていると死んでしまうのではないか、と思うことさえある。初めて体の関係を持った夜、彼は眠る美津子の枕《まくら》元《もと》に短い文を書き残して、部屋を出ていった。

あなたを忘れることが出来ても、あなたの体を忘れることなんか出来ません。多分、一時間後には、あなたが欲しくなる。こんな思いを僕にくれて、ありがとう。

その文字は、鉛筆でも万年筆でもなく、洗面所のカミソリで指先を傷つけて血を出し、それをマッチの軸でメモ用紙に書きつけたものだった。

女の心を摑《つか》むための戦略ではない、そのときはそうしないではいられなかったのだ。そして、実行してしまうのである。多分、こうしたことが、美津子の知らない女たちに対して、沢山行われたのだろう。そのメモを受取ったときにもそう思った。これは自分に対してだけではないな、と直感した。しかし、体に残る強烈な感覚が、血の匂《にお》いに酔わせ、男を自分だけのものにしたいと、美津子を激しく駆りたてた。

コワいのは目である。戸惑ったり迷ったりしたときの行美の目は、ブラックホールのように美津子を魅《ひ》きつけた。目の動きに連動するかのような恥しげな唇の動きと、その直後に弾丸のように打ちこまれる情欲の視線は、彼と別れたあとの何年間も、美津子の体の底から不意に浮上してきたものだ。

いまでこそ、彼の目が突然蘇《よみがえ》ってくることなどなくなったが、打ちこまれた弾丸の衝撃だけは覚えていて、もしもあの一連の目や唇の動きが、演技として出来るのであれば、彼はとことんのワルだったに違いないと思う。

それはしかし、演技などとはとても思えなかっただけに、あんな強烈な表情で、つまりはいとおしさに狂ったように情念を噴き出させておきながら、その女から逃げていくことの出来る男が、この世に存在しているのが信じられなかった。

逃げ出され、振られた後になって、彼に関する様々な噂《うわさ》が耳に入ってきた。それらはいずれも、別れて正解、あのまま付き合っていると金銭的なトラブルに巻きこまれたうえ、借金の肩替りまでさせられて捨てられたかもしれず、犠牲は他の女と較《くら》べて小さくてすんだのを喜ばなくてはならないという現実を、客観的に伝えていた。

そこには、美津子に対する哀れみから、多少誇張されて耳に入れられた部分があったのかもしれないが、それを差し引いても酷《ひど》い男だった。美津子に対しても他の女同様に真心の担保として「結婚」の二字が使われ、それも必死の声で囁《ささや》かれ、やがてそこに「そのうちきっと」の言葉が加えられた。

美津子が本気で結婚を考えていたかといえば、どこかで諦《あきら》めていた気もするが、少くとも行美が真剣に彼女との結婚を望んでいたことを疑いはしなかった。

行美が去ってしばらくは、すべての男が憎らしくて信用ならず、男のみならず人間の誠実さや真剣さすべてに、恐ろしい裏があるような気がしたものだ。美津子自身、さぞ邪悪な顔つきになっていたことだろう。

生活の安定のみのために、愛情も感じられない男と結婚したのが二年後。ところが美津子の人間不信などまるで気づかぬほど鈍感で善良な亭主は、結婚した翌日から自分の人生をぽんと新妻に預けた。何の警戒心もなく良く笑い深く眠る男だった。美津子は、夫が与えてくれたものの大きさを、今ごろになって実感している。夫のおかげで、ふたたび人間を信じられるようになったのだ。

ウイーンの空港に着き、入国審査と税関を通って出てきたところで、旅行代理店から派遣された若い男のガイドが、三人の名前を書いた紙を持って待っていた。足首まで届く灰色のコートと、髪の毛を短く刈った頭とがいかにもアンバランスで、たしかに日本人なのに、異人種の匂いがたちこめている。若者が三年も外国で暮すと、何か目に見えない土地の排気のようなものが、体に張りついて肌の色まで染めてしまうようだ。

三人がこの紙を発見する以前に、ガイドの方が目ざとく見つけてくれて、遠くからここだと手を振った。似たような年恰好《かっこう》の日本人団体客もいるのに、この三人以外にはいない、と確信したようだった。

ガイドは一番重そうな陽子のバゲッジを押しながら、ターミナルビルの外に出た。予想していたほど寒くもなく、長時間の機内の熱気に干涸《ひから》びてしまった全身の肌が、外気の湿気を心地良く吸いとっていく。

手際《てぎわ》よくワゴン車の後扉から三個のサムソナイトを積みこんで、ウイーン市内へと向かった。

「美津子が一番疲れてるんじゃない？」

と脇子が言った。三人の中で一番口数が少いせいだろう。

口から出ていく言葉が少いぶんだけ、心の中に言葉以前の感情が積み重ねられていく。

「大丈夫よ。『第三の男』のあの大観覧車の場面を思い出してたの。オーソン・ウェルズの目、良かったよね」

そう、あの目は凄《すご》かった。暗闇《くらやみ》の中から、悪戯《いたずら》っぽい皮肉のこもったまなざしが、浮かび出てくる。行美の目も、あんなふうに美津子の心に張りついて、とれなくなった。

いま、女として最後かもしれない官能の揺らぎとともに、あの目が浮上してくる……

体を震動させているのはワゴン車だが、飛行機の微震動がまだ下半身に残されていて、そこに生き残ったもののしたたかさを伝えていた。

ホテルはドナウ川から引きこんだ運河、ウイーン川の近くだ。全体の都市像と市街の様子は大方呑みこんできたし、主な通りの名前も勉強してきたが、夜の街はどこをどう走っているのかわからない。

ところどころに公園があり、彫刻が立っているし、案内書にあった通りの名前が車窓を行き過ぎたりもするが、自分たちの居場所は全く見当がつかなかった。

それでも、街灯に浮かび上がるマロニエの緑は美しく、信号の青や赤もヨーロッパの古都らしい潤《うる》み方をしている。

ガイドは運転しながら、マニュアルどおりにホテルでの注意事項や、お金の交換方法を話したあと、

「それで、明日のオペラですけどね」

と言った。

「三人一緒の席がとれなくて、一人だけちょっと外れてるんです」

「あら残念」

と陽子が言い、

「わたし、一人でも構わないわよ」

と美津子がつけ加えた。

すみません、とガイドは一応謝ったが、国立オペラ座の一階席が、二週間前の依頼でとれただけでも幸運だということぐらい、三人ともわかっている。

「ドン・ジョバンニだもの、こっちだって人気があるのよ」

と脇子が浮きうきして言うと、

「いやあ、そうなんですね。僕はこっちに来て三年ですが、いまだに一度もオペラを見てないんです。チケットの手配ばかりですよ」

と残念そうな声になった。

「明日はオペラが終って居酒屋にお連れしますから、ちょっと遅くなりますので、ホテルで軽い食事をなさっていらした方がいいと思います」

「こっちの人達、平気で十時十一時から夕食だものね」

と去年スペインに行ったばかりの陽子が言う。おかげで毎晩眠るのが遅くなって、昼間バスの中で眠ってばかりいたらしい。

エキストラ・ベッドの入った三人一緒の部屋は狭く、それぞれがバゲッジを広げると足の踏み場もなくなるけれど、その雑然とした雰囲気がまた非日常の高揚を生み出してもいるわけで、外は寒いかしら、明日の昼間はどれを着て夜は何を着てと、賑《にぎ》やかさが長旅の疲労感をしばし押しやっていた。しかしベッドに入ってからは、陽子も脇子も間を置かず寝息をたてはじめ、とりわけジャンケンで負けてエキストラ・ベッドで寝た脇子は、鼻にかかる鼾《いびき》までかきはじめた。

美津子は一番安眠出来そうな壁際のベッドなのだが、寝返りを打てども打てども、眠りこめそうになく、白い壁に掛かったエッチングを見上げている。

フット・ライトと、洗面所につけ放しの照明がドアの隙間《すきま》からこぼれてくるおかげで、エッチングの表面に黒い線が絡《から》まり合っているのがようやく見える程度だが、それが馬で、馬は前脚を高く上げて、背中の髪の長い女を、さらに高々と持ち上げている図であることがわかっている。

髪の長い女は騎士が着るような甲冑《かっちゅう》を身につけ、右手で旗をかざしている。馬の荒ぶった姿勢のせいで、股間《こかん》にあるかたまりも黒々と描き出されていた。

無論、この暗さではいずれも判然としないが、美津子の目には、灯《あか》りを消す前に取りこんだ画面が生き残っていて、それは実際に明るい中でこのエッチングを見るより、別のなまなましい迫力がそなわっていた。

どうかしたのかしら、わたし。

彼女は体を丸め、ウイーンの観光名所について考えようとした。

長いハプスブルグ家の支配が生んだ、熟《う》れて腐ったような退嬰《たいえい》の美と臭気がこもる都。

あとすこしでズルリと溶けて流れそうな果実の妖《あや》しい輝き。

美津子は、そんな恐ろしいものを、自分も下半身に抱えているような気がした。

自分の子宮は、いままさに、張力や内圧を失《な》くして、溶けかかっている、という気がする。干涸びていく、という実感はなく、この異様で報いられることのない性欲は、腐って壊れていく直前の花か果実だろう。

そのとき、すっかり記憶から去ったはずの行美の指や唇が蘇ってきて、下半身や乳首の上を動くのを感じた。


翌日の昼間は、市内の主だった観光名所歩きになった。

何といっても市の中心になるのはシュテファン大寺院で、ゴシック様式の鋭角的な外観の、とりわけ南側にそそり立つ鐘楼は美しく、その内部を階段で上がっていくと、テラスから市内が見渡せた。

こうした旅に馴《な》れている三人はパンツにスニーカー、ポシェットという身軽さで、いつも両手を自由に使えるようにしてある。機能的で安全だが、色気も優雅さもない。旅先の地に精一杯のロマンを求めながら、自分たちはロマンと全く無縁な恰好をしている。中年女の旅はこれだから困る、と思いながら、美津子もすっかり中年女になりきって足を動かす。おまけにこの大寺院近くの土産物屋で、ぶどうの房を型どった美しい紫色のブローチを買うとき、陽子と脇子の応援をたのんで正価より四割も値切ってしまった。

相手にとことんの譲歩を迫る図々《ずうずう》しさ、それも数をたのんでの押しの一手は、目的を達したあとまでも何やら自虐《じぎやく》的な尾を引いてしまう。

齢《とし》だな、五十年も生きてきたんだな、とそんなとき年齢の重さを実感するのである。

ガイドの勧めもあってケルントナー通りをショッピングしながら南下し、美術史博物館を見ていったんホテルに帰ることにする。

無理をするのはよくない。あと何日もかけて、市街だけでなく、少し離れた宮殿の数々やらウイーンの北に拡《ひろ》がる森も見物する予定になっていた。

美術史博物館では、ルーベンスの「毛皮をまとった婦人」の前で、美津子はまた動けなくなった。何か官能の匂いが漂ってきて、足をすくませた。二人に手を引っぱられるようにして次の絵に移った。

どうも妙だ、麻薬の粉のようなものが、このウイーンの大気に含まれている気がする。着替えてオペラ見学に出かけた。

国立オペラ座前は、車の洪水で、ガイドが運転してくれた車も離れた場所にしか着けられなくて、三人はまだ薄い明るみが残る空の下を、正装した男女に混じって歩いて劇場に入った。

パリのオペラ座やミラノのスカラ座にも行ったことのある陽子は落着いていて、クロークにコートを預けるときのチップの金額や、席に案内してくれる人からパンフレットを買ってお釣りをチップとして渡す方法まで、すっかり心得ているので、美津子も脇子も彼女の真似《まね》をしてさえいればいい。

ドン・ジョバンニなら話はわかっているし、現地の言葉で書かれたパンフレットなどどうせ読めもしないのだから無用なのだが、陽子がするとおりに従っておけば、無難なのでそうした。

美津子だけ離れて座る。

序曲が流れて、やがて第一幕が始まった。

スペインの若い貴族ドン・ジョバンニは女たらしの悪い男で、次々と女を誘惑し、自らのコレクションに加えていく。

騎士長の家の前が舞台上に作られ、門の外で見張り役をさせられているレポレッロがぶつぶつ不満を呟《つぶや》いている。ドン・ジョバンニが騎士長の美しい娘ドンナ・アンナをモノにしようとしのびこんでいるのだ。

ドンナ・アンナが、助けを求めて家からとび出してくる。顔を隠しているドン・ジョバンニもだ。追ってくる父親の騎士長と、暗闇の中で闘うドン・ジョバンニ。騎士長は彼に殺される。ドン・ジョバンニとレポレッロは、闇に乗じて逃げる。

助けを求めに行っていたドンナ・アンナが家の前まで戻ってくると、そこには父親の死体が転がっている。怒りと悲しみで狂わんばかりのドンナ・アンナ。陽子の説明によると彼女は「椿姫《つばきひめ》」のヴィオレッタが当たり役の、アメリカ出身の有望新人だとか。ソプラノの鋭くのびる声は哀調に欠けるうらみはあるけれど、ドンナ・アンナ役には合っている気がした。

肝心のドン・ジョバンニのバリトンはさすがで、この歌手については陽子も知らないようだが、悪の魅力を伝えるに充分の迫力がある。彼の野性的で有無を言わさぬ低い声で女を口説いたなら、女は呼吸を止めた仮死状態で体を横たえるのではないだろうか。

ドン・ジョバンニの風貌《ふうぼう》も見事に作られていて、つり上がった太い眉《まゆ》の下でカッと光を放つ黒い目、さらには口髭《くちひげ》の中から覗《のぞ》く卑猥《ひわい》で嘘《うそ》に馴れきった唇までもが、ただのワルではなく、まるで自らが業《ごう》のかたまりのような、性的な魅力に溢《あふ》れていた。

悪業のかぎりを尽くし悔いることのないドン・ジョバンニは、最後に騎士長の亡霊である石像に復讐《ふくしゅう》され、炎の業苦とともに死を迎えるのだが、最後の最後まで誇り高いワルを演じたバリトン歌手は、声の衰えも感じさせないままカーテンコールを迎えた。

美しい清純な女を手中におさめようと卑劣な手をつかって追いまわす悪い男、の図式は、最後に勧善懲悪が成立するところまで含めると、この世の中に存在する物語の中でももっとも単純でありふれた一編だ。

にもかかわらず、オーケストラと人間の生の声によって運ばれていく瞬間瞬間は新鮮で感動的でさえある。

「オペラって、わかりやすいから、長続きしてるんだわね」

という、終ってからの陽子の実感に、美津子も脇子も異存はない。

幕間《まくあい》で飲んだシャンペンが頬を熱くし、いつもより動悸《どうき》を早めていた。

ガイドの車でホイリゲと呼ばれるこの地方の居酒屋に連れていかれ、タンの煮込み料理を食べた。

「あの石像は異様だったわね」

「日本の亡霊って足が無いのに、こっちのはどっしりして、押し潰《つぶ》されそうな亡霊よね」

「だって石だもの、石像だもの」

「中国にならでも出没しそうな亡霊じゃない？」

「コミック的な話よね」

「そうそう、オペラってコミック的だわね。キャラクターもはっきりしてるし」

「最近のコミック、もっと奥が深いんじゃない？このまえ娘のコミック取り上げて読んでみたら、けっこう文学的でシュールだったわよ。だけど、何でまた石の亡霊なのよ」

「このあたり、石だらけじゃない。石に怨念《おんねん》がこもるのよ」

「スペインの話よ、これ」

「あそこも、石だらけよ」

「ドン・ジョバンニって、ドン・ファンのこと？」

二日目もこうして、無事終った。

三日目、ガイドの車で少し車を走らせてベルベデーレ宮殿とシェーンブルン宮殿を見学し、帰りに脇子が絶対に乗ると言い続けていたプラター遊園地の例の大観覧車に行った。木製のこの大観覧車は一個のゴンドラが小部屋ほどの広さもあり、中央にテーブルまで作りつけられている。

陽子はアカシアの葉が顔を撫《な》でるほど近くを通り過ぎる窓に、身をこすりつけるようにして『第三の男』のチターの名曲を口ずさんでいた。

時計はすでに四時を回っていて、三人は疲れていた。宮殿というのは、室内を見物する割には歩く距離が長い。おまけに硬い石の床なので、足の筋肉も膝《ひざ》もそろそろ限界に近づいていた。

アカシアの葉が眼下に低く吸いこまれていき、褐色と灰緑色にかすむウイーンの街並が見下せたとき、美津子の脳の一部が痺《しび》れたように眠気がさした。一瞬の睡魔が視界を白く染め、ふっと我に返ると、ふたたびゴンドラはアカシアの葉のあいだに埋もれかけている。

眠っちゃったのかな。

二人の友人は、美津子のいねむりに気づかなかった。窓に寄りかかって、何秒間か目を閉じたのだ。

「このままホテルに帰るの勿体《もったい》ないね」

脇子が額に汗を浮かべ、時計を見ながら言うと、脇子よりひとまわり体の大きい陽子

も、自分の健脚を誇示するように、

「さっきの、バザールに寄ってから帰ろうよ」

と言い出した。

「ガイド君に、頼んでみようよ。美津子も大丈夫でしょ？」

脇子に言われて、美津子は思わず、

「いいわよ、疲れたらそのへんで休んでるから」

と言った。

実際には、いますぐにでも横になりたいほど疲れていた。足腰だけでなく、体中の筋肉が真綿でくるまれやさしく揉《も》みほぐされるのを待っていた。

夜になると神経が昂《たかぶ》り、浅い眠りしか得られず、そのかわり昼間、いつも意識が八割しか目覚めていない状態が続いている。

どこをどう走ってそのバザールにたどりついたのかわからない。広場というより路地を埋めつくすかんじで露店が店を広げ、まだ夕照もあかあかと燃えて輝いているというのに、テントの中は灯りがともっている。灯りでひときわ鮮やかさを増しているのは果物屋と花屋である。

よく見るとここは観光客用のノミの市ではなく、無論そうした骨董類《こっとうるい》もあるが、地元の人達の日常の用を足している市場らしい。

買物客も太ったおばさんや顔に深い皺《しわ》を刻んだ労働者風の男たちの姿が多く見られ、そのぶん美津子たちは好奇のまなざしを浴びることになった。

露店ではない通りの店々もまだ開いていて、パンやチーズの匂《にお》いだろうか、それとも何かの香料か、台所を連想させる空気が一帯を覆《おお》っている。

三人はまず、果物屋でぶどうとイチゴと洋ナシを少量ずつ買った。まとめて陽子が払い、あとで一シリングまできっちり三等分の割り勘にするのがいつもの方法だ。

バザールはどこまで続いているのかわからないが、ガイドもこの時間になると駐車禁止が解けるのか、通りの入口近くに車を置いて三人についてくる。

「どこまで続いてるのかしら」

と、まず美津子が溜息《ためいき》をついて立ちどまった。

最初の角を確かめると、左右の通りも同じように露店が並び、道幅が狭まったぶん雑多な生活臭も渦巻いている。

石畳の上は水で濡《ぬ》れ、丸いマンホールの蓋《ふた》も黒々と光っていた。よく見ると一定間隔でマンホールの蓋がある。その上を女たちはカンカンと靴の音をたてながら行き来している。

ふいに『第三の男』の場面を思い出した。ジョゼフ・コットン演じる作家が旧友オーソン・ウェルズを追いつめるシーンで、たしか下水道が舞台になっていた。アカシアと音楽家の彫像と、重厚なバロック風の石の建物の下に、地下要塞《ようさい》のようなあれほどの空間が存在していることに、まず驚いた。そしていまも美津子は、自分の足の下に、まさにこのマンホールの蓋一枚の下に、その巨大な空洞を感じていた。足がすくんでくる。

「ねえ」

と先を行く二人を呼びとめた。ガイドも立ちどまって美津子を待っている。

「わたし、そこの噴水のところで待ってる」

と指さした。

「どうせここを通って車の方へ戻るんでしょ？」

「ええ、ここしか通る道ないですから」

とガイドが言った。

「この果物食べながら、あそこに座ってるから、みんな行ってらっしゃいよ」

「じゃあ、ちょっと行ってきます。三十分ぐらいなら、このあたりでショッピングなさっててもいいですよ。帰ってきて美津子さんがいらっしゃらなかったら、僕たちが噴水のところで待ってますから」

じゃあ、と美津子は果物の入った紙袋を持ち上げて三人を見送った。

「全部食べちゃ駄目よ、ぶどうはわたしのだからね」

と脇子が言って手を振った。

三人は人混みの中に消えた。道は少しずつ下り坂になっているらしく、彼女たちの後姿はゆるやかに右側に落ちこんでいく。そして視界は、百パーセント異国になった。

噴水の横に古びたベンチがある。ハトの糞《ふん》で汚れているが、その部分をよけてそっと腰を下した。

あんなふうに言ったものの果物を食べたいわけではない。口の中が乾いていて、果物より水が欲しい。

しかし、エビアンを売っている店は、視界の範囲では見当らない。

暑くもないのに汗が噴き出してきた。最近こういうことがよくある。体調というより、もっと根本の生理の歯車が狂ってしまっている。ふいに動悸が打ち始めたり、呼吸が重苦しくなったりする。ひと呼吸ごとに、肩にかかる負荷が大きくなっていくこともある。

美津子は目を閉じた。

騒音と瞼《まぶた》の裏の明るみが、すっと遠のいた。

顔の横に人の気配を感じて目を開けると、それは人ではなく、金と朱と黒の、色のかたまりだった。

カビの匂いが、気付けぐすりのように意識を呼びさます。

目の横にある色のかたまりを、熱源のように感じた美津子は、思わず体を離してそれが何だか確かめようとした。

まず黒い女の目が現われた。女の目が美津子を見上げていた。

続いてその女が、頭に白いベールを被《かぶ》っているのがわかった。

わずかに横を向いた顔の周辺は、金泥《きんでい》で塗りかためられ、女の胸にかかった十字架だけが、ラピスラズリの深い青で描かれている。

「……イコン」

と呟いて、その板絵を差し出している手をたどって振り仰いだ。

「八十年前のものです。安くしておきます。絶対にいい買物ですよ」

日本語の低い声の主は、逆光の中から黒い顔を美津子に向け、わずかに微笑したようだった。

その男の声にはっとなった。

一瞬、昨夜のドン・ジョバンニのバリトンを思い出したのだが、同時に、白木行美だとも感じた。

顔を確かめようと角度を変えて男を見ると、それは確かに、白木行美のようだった。

髪の毛は半白で短く刈りこまれ、頰も首もたるんで初老の相だが、それらはいま、逆光から斜めの光の中に置き直されたように、目鼻立ちもくっきりととびこんできた。

額は広く、鼻筋は通って、耳のかたちさえ記憶にあるとおりだ。

しかし、着ているものはいかにも貧しく、体よりひとまわり大きい紺色のジャケットの下から、薄く汚れたセーターが覗《のぞ》いている。

彼はまだ、自分が美津子だと気がついていないらしい。たった一人で噴水横のベンチに腰を下している、中年の日本人観光客、それも疲れきったような女、でしかない。

「……これ、イコンですね」

と彼が差し出した板絵を覗きこんだ。

「いいものです。わたしは日本人なんで、こういういいものは、日本人に見て欲しいし、日本人に買ってもらいたいので、ちょっと声を掛けたのです」

やっぱり、わたしが誰だか気がついていないのだわ。

美津子はがっかりし、また安堵《あんど》し、そして意地悪い気持にもなった。

だが、その次に押し寄せたのは、耐えがたいかなしみだった。もしいまここで、自分の名を名乗ったとしても、行美が覚えていてくれるかどうか、自信がなかったのだ。

全く忘れていることなどないだろうが、ほんの一片の記憶として、何の実感も伴わない名前だけの記憶として、蘇《よみがえ》ってくるだけかもしれない、という気がした。

しかし自分にとってはそうではない。憎さも腹立たしさも、体の底からよび戻される性愛の感覚も、刻印、という言葉が適当な、いや、焼けるような痛みを伴った烙印《らくいん》という方がより適切な、強いものを残した相手だ。

そして、ウイーンに近づくにつれ、飛行機の中でその痛みがぶり返し、官能的な真綿にまといつかれて、何やらコントロール不能な状態になった当の相手である。

「……イコンには、昔から興味があったんです」

と彼の顔を見ないで言ってみた。

「ちょっとした掘り出し物ですよ」

「お値段は？」

「三十万円のところを三分の一の十万にして差し上げます」

「十万ですか」

「高い？」

「さあ、どうなんでしょう」

手に取って、薄く暮れていく光に透かして聖母像を見た。

ロシア正教の信者にとって、このイコンは礼拝の対象となった。

金銀を使った重厚で華麗な聖画は、骨董品として出回っているものは一般的にそんなに大きくはなく、額縁を入れても、ノート大が多い。大学で美術史を教えている知人の教授が、イコンを蒐《あつ》めていて、ワインをごちそうになりながら一晩じっくりイコンの魅力について話してもらったことがある。彼によると、偽物《にせもの》も沢山出回っていて、パリなどでは偽物作り専門の画家もいると言っていた。東欧に行けば、本物で良質のものが手に入ると、確か言っていたが、ウイーンなら、こうした帝政ロシア時代の遺物が、ソ連崩壊後どっと流れこんできたとしても不思議はない。

しかし、もしこれが本物なら、三十万が三分の一になるだろうか。そもそも、本物のイコンが、三十万で売られているのだろうか。

美津子は全く見当がつかない。

聖母マリアは、わずかに首を傾《かし》げて、紡錘型《ぼうすいけい》の黒い目でじっと美津子を見ていた。肩は撫で肩で、首が長い。手に花のようなものを持っているが、何か聖書に出てくる花なのかもしれない。

「十万のお金なんか、こんなところに持ってきてないわ」

「カードでもいいです。ビザ、マスター、ダイナース……」

「これが本物かどうか、どうして判《わか》るんです？」

「信じられないなら、ちょっとうちまで来てみませんか」

「うち？」

「すぐそこです。歩いて一分」

「おたくに行けば、どうなるんです？」

「イコンを沢山蒐めてます。好きなだけ手に取って見られればいい。このイコンの保証書もうちにある」

「保証書ですか」

「ロシアの教会が発行したものですよ」

　そんなものが何の保証になるのだろう。信用できる美術鑑定家の鑑定なら別だが。

「手間はかからないし、見るだけでいいから、ちょっと寄っていって下さいよ。イコンの店を持ってるんです。店に来てもらったら、これが本物で買い得だってことがわかりますから」

　美津子はふらふらと立ち上がっていた。

男の声はまさにバリトンの太さと有無を言わさぬ力強さに満ちていて、耳元で囁《ささや》かれた瞬間に上体がぐらりと動いていたのである。

気がつくと、男の後をついて歩いていた。男は美津子がちゃんと来ているかどうか、数秒ごとに振り返った。その左手には、とても三十万円の品物とは思えない扱い方で、剝《む》き出しのイコンがぶらぶらと揺れている。落して傷つけたらどうなるのだろう。

一分と言っていたが、五分は歩いた気分だ。角を曲がり、二叉路《にさろ》を右に入って路地の奥へ奥へと歩いていく。

石畳が冷えて黒味がかってきた。

美津子には、いま自分がどんなに危険な状態か、わかっていた。左右の建物に店舗らしいものはなく、ところどころに木の扉がついた建物の入口がある。行き過ぎるとき半開きの扉から中を覗くと、眼光鋭い青年が二人、じっと美津子を見ていた。それは何か、暗闇《くらやみ》に隠れて獲物を待つ獣のように、荒々しく切実な気配を持っていた。

猫が足元を横切り、美津子たちが来た方向に走り去った。猫を追って振り向くと、さっき木の扉の内側にいた青年二人が、路上に出てきてこちらをじっと見ている。

「もう一分以上歩いたわ」

「もうすぐです」

「わたし、現金はほんの少ししか持ってないし、パスポートも持ってないわ」

　男は立ちどまり、薄く笑った。

「どうしてそんなこと、言うんです」

「だって、あなたがドロボウじゃないって保証ないもの」

　薄い笑いが、はっきり歯を剝《む》いての笑いに変わった。

　その横顔は、まさしく行美だった。行美が生活苦の中でこの二十年間に溜《た》めた汚れのようなもの、ふてぶてしい雰囲気、居直りが、黄色がかった歯のあいだからこぼれていた。そしてそれは、かつて美津子がまぎれもなく性的な刺激を受けた彼独得の笑いの、延長線上にあるものだった。

　男はもう、美津子が逃げ帰ることなどないと確信したかのように、堂々としていた。胸を張り、ゆったりと息を吸いながら、鼻歌をうたった。どこかで聞いたメロディだった。ドン・ジョバンニの一節のような気もした。また、行美が昔好んで歌っていた歌曲かもしれなかった。美津子にはもう、それが何であれ魔法の音楽だった。音の流れが美津子の体をぐるぐる巻きにし、引っぱっていく。いまにも窒息しそうである。

　暗い戸の内側に入った、と思った。地獄の門のように湿って異様な匂《にお》いがした。目の前に狭い階段があり、男は、同じメロディを口ずさみながら上っていく。

すぐに気がついたのだが、異様な匂いは、美津子が持つ紙袋の中の、熟れた果物からたちのぼっていた。もしかしたら、自分の体からも、同じ匂いが流れ出しているのかもしれないと思った。

階段の突き当たりに、緑色の扉があった。

男はそれを押して中に入っていくと、手探りでスイッチをつけた。

ここで殺されるのかもしれない、と考えながら、美津子に恐怖はなかった。この重たい、得体の知れない、思うにまかせない体を、捨ててしまっても惜しくなんかない……

はっと体が硬くなった。

あたりが光で溢《あふ》れている。それも灰色がかった金や銀、黒ずんでなお強烈な青、血の色そのものの赤。

細長い部屋の、窓のない両側の壁には、何十というイコンが掛けられ、聖母や聖母子が、じっと美津子を見つめていた。

部屋の中央に長いソファーが一脚と、やはり細長い古い木のテーブルがあり、そのテーブルの上にもイコンが積み上げられている。

「ここがお店なの」

「信じましたか」

「これがみな本物なら、すごい財産ね」

「本物ですよ、よく見て下さい。一枚一枚見ていって下さいよ」

美津子は、何の汚れかわからない染《し》みがついたソファーには座らず、壁に寄って目を近づけた。

ふいに、右上のイコンに描かれた女が、微笑した。なまめいた、火照《ほて》りのある微笑だった。

また自分の体が妙になった、と思いながらその左側に目をずらすと、そこのイコンの中でも、ふっと女が艶《つや》のあるまなざしになった。

「……きれいでしょう」

男は背後から美津子の肩を抱いて低く囁いた。

ええ、と美津子は、振り向く力もなく吐く息のなかで言った。

「これら、みんなわたしの女たちです」

「いいえ、マリア像だわ」

「よく見てごらんなさい、こんな猥《みだ》らなマリアの目がありますか」

言われてみると、どの目も性的に高揚し、いまにも熱い息を吐きそうである。

「……では、この女たちは」

「もうわかったでしょう。わたしの獲物になった女たちです。イタリアで六百四十人、ドイツで二百三十一人、フランスで百人、トルコで九十一人、スペインでは……」

「……千三人」

「そう、スペインでは、千三人」

美津子は、スペインでは千三人だと覚えていた。スペインは、ドン・ジョバンニの国だ。だから、ドン・ジョバンニがモノにした女も、スペインが一番多い。そしてこの数は、ドン・ジョバンニの従者であるレポレッロによって、『カタログの歌』で歌いあげられるのだ。

「あなたはそんなに沢山の女を……」

「そうです、この手で」

と言うと、男は肩から手を少しずつ下げてきて腰の横で止めた。美津子はその感触に耐えられなくなって、壁に手をついた。その拍子に手から紙袋が落ちて、開いた口からイチゴが転がり出た。拾うことが出来ず、手で体重を支えるだけだ。

男の手が、腰から後に回り、スカートのファスナーにかかった。そして、微妙な音をたてながら、古い傷口をなぞるように下りていく。

スカートが足元に落ちた。足首ばかりがスカートにこもった体温を感じて暖かく、太《ふと》腿《もも》の周辺はわずかに風を感じている。

男の手が足の内側を這《は》い上ってきて、美津子の小さな悲鳴とともに、下着の中に入ってきた。

美津子の目に入るのは、熟れすぎて半ば潰《つぶ》れたようなイチゴが何個かだけで、男の姿も男の指も見えない。そのイチゴも、いまはぼやけて、視界の一部に血がこびりついたように滲《にじ》んでいた。

「……ここも、もうじきおしまいになる。もうじき、崩れて失《な》くなってしまう。ほら、こんなに崩れて来ている。あれから二十年だね。あのころあなたのここは咲いたばかりのチューリップのようだった。いまはもう、爛《ただ》れて熱をもった小さな肉のかたまりだ。ああそうそう、顔を上げて、その上のイコンを見てごらん。見覚えがあるだろう。二十年前のあなただ。聖母のようだったあなたが、わたしの手に触れると、あんな卑猥《ひわい》な目つきになった。もういちど、思い出させてあげますよ。ここに来たからには、ちゃんと思い出して帰るんですね。どうせもう、最後なんだから。このイチゴのように、潰れるんだから……」

美津子は身動き出来ないまま、泣き声に近い声をあげた。どうせもう、これが最後なんだから、と男の言葉を何度も何度も繰り返した。

「でもね、あなた。あなたが誰でもいいけど、わたし、あなたがどういう死に方をするか知ってるわ。復讐《ふくしゅう》のために現われた石像の亡霊に手を摑《つか》まれたまま、地獄の火に焼かれるのよ。その亡霊が、いまあなたの手で触れているわたしかもしれないのよ……」

はっとなって目が覚めた。

ベンチに腰を下した美津子の体は、まさに石のようにかたく固まっている。

傍らで噴水が、小さく丸く、エロティックに水を噴き上げている。美津子の体にも、水が流れたような感覚がとりついていた。

どうせもう、最後なんだから。

このイチゴのように、潰れるんだから。

美津子は、男の声を反芻《はんすう》しながら、足元に落ちた紙袋に手をのばし、転がり出た香りの強いイチゴを拾い集めた。

イチゴの香りと石畳の匂い、そして焼けたばかりのパンやソーセージの匂いが、ひとつの強烈な束となってぶつかってきたために、美津子の体の芯《しん》は、瀕死《ひんし》の小動物のように、びくりと震えた。

解説

香山リカ

いきなり卑俗な話題で恐縮だが、最近、大相撲の有名親方夫人の〝不倫騒動〟が週刊誌やテレビのワイドショーを賑《にぎ》わせた。夫を支え、ふたりの息子を横綱に育て上げ、賢夫人の誉も高かった彼女は、五十二歳。〝恋人〟と目される男性は十八歳年下だとかで、マスコミは一斉に夫人の軽率さを非難し始めた。

ところがその最中、ある女性週刊誌の表紙に躍る文字を見て、私はハッと息を呑《の》んだ。そこにはこうあった――五十二歳、恋しちゃいけませんか？　そう、それまでこの騒動を報じるマスコミは、彼女の行動を親方の妻として、横綱の母親としてという枠の中で論じようとするだけで、だれも〝ひとりの女性〟としての彼女の心の内面に目を向けようとする人はいなかったのだ。

このような問題が明るみに出ると世間はすぐに言う、「いいトシをして」「何不自由ない暮らしをしていながら」。年齢を重ねているというだけで、生活が安定しているというだけで、だれもが「彼女はもう何も望んではいない、いや望むべきではない」と思い込んでしまう。もちろん、「ときめき」や「せつなさ」といったデリケートな感情を持つことなどは許されない。ときには、「もう女は卒業だな」といった心ない言葉を投げかけられることもある。雑誌の恋愛特集や微妙な心理を描いた小説もほとんどは若い女性を対象にしており、四十代、五十代の女性の読む雑誌はもっぱら介護や健康法の話題ばかり。職場では「これからは女性の力に期待したい」などと理解あることを口にする男性でも、自分の妻のこととなると「いやあ、ウチのやつはバカだから」などと一言で切り捨てたりする。万が一、異性や恋愛への興味を示そうものなら、「不潔」「鬼母」などと罵倒《ばとう》されてしまう。それでも黙って耐えながら、にこやかな母親を、落ち着いた妻を演じ続けなければならない女性たち。孤独と空《むな》しさによってできたその心の穴の深さは、どれほどのものだろうか。

この『蘭の影』は、まさしくだれもが目を向けようとしない「年齢を重ねた女性の心の内面」に光をあてた作品集である。登場する女性たちは、いわゆる更年期を迎え、老いへの曲がり角を曲がろうとしている年代にいる。そしてご多分に漏れず、家族や知人は彼女たちの心の中にまだ情熱の炎のくすぶりや嫉妬《しっと》の棘《とげ》が隠れていることを知らないか、知らないふりをしようとしている。しかし、作者は繰り返し語る、老いの兆《きざ》しの中で外見やからだが変わりつつある時期だからこそ、心の中も若い時よりもっと微妙に揺れたり、ざわめいたりするのだ、ということを。

つまり、身体的、生理的な変化が感情の起伏や心の襞《ひだ》をすっかり奪い、精神的な安定をもたらす、という世間の理解はまったく逆で、からだが変わるときだからこそ心も若いとき以上に揺れ動くのである。冷静に考えてみれば至極当然なのだがだれもがあえて口にしようとしなかったこの〝真実〟を、作者は鮮やかにそしてしなやかに描き出す。

たとえば表題作である「蘭の影」では、五十代を一年先に控えた主人公・美知子の心の揺れが、医師である夫が担当して亡《な》くなった女性患者の化身ともいえる〝デンドロビュームの精〟との対話の中で明らかにされていく。それまで彼女の心の内をのぞいてみようとしてくれる人は、だれもいなかった。夫との関係も決して冷めているわけではないようだが、その彼さえ妻の変調を「寝不足か運動不足」の一言で片づけようとする。美知子自身も「鏡の前で首筋のたるんだ皮膚を見つけたり、突然昔からの知人の名前が出てこなくなったり、ほとんど無自覚なままやれやれだのヨイショだのと言っているのに気づいたり」するたびに大きくなっている自らの「心の空洞」を意識してはいるが、一方で「それを言ったところでやはり幸福病か贅沢《ぜいたく》病にしかならないだろう」ということもよく知っている。

そういう生活に、亡くなった若い女性患者から夫がゆずり受けたデンドロビュームの化身が現れるようになる。美知子はそれが自分が作り出したファンタジーであることを半ば知りながら、だれもきいてくれない心の内を懸命に語る。「このところ若い人を見ると何となく不愉快になったり、自分がつまらなく見えたりしてたの。ひとり相撲だってわかっていても、気持が沈みこんでいくのが止められなかった…」「認めたくないけど、自分がどんなに幸せかを確かめる方法って、不幸な人のことを考えるのが手っとり早いのよ。いえ、誰もそんなこと、口では言いませんよ。自分はそんな下品な人間じゃあないって顔してる。でもこれは真実なの」「このところ、もう自分は用済み人間になって中古車置場に積み上げられた感じがしてるんですから」。

　そして、一時は夫の浮気相手かもしれないと疑った若い女性の化身に思いのたけを語っているうちに、美知子は自分が若いときに翻訳家になりたいという夢を持っていたことを思い出す。物語はその夢の実現に向けて動き出そう、と彼女が具体的なプランを練るところで終わっている。その後、本当に美知子が勉強を始めたのかどうかも、夫との関係が深まっていくのか希薄になっていくのかも、わからない。はっきりした救いも解答も示されてはいないのだ。しかし、一度は目を背けずに自分の「心の空洞」に目を向けてみた美知子の今後には、何かこれまでとは違った変化が訪れるはず、というそこはかとない明るい予感も漂う。さらに、だれもそのデリケートな心の領域に目を向けてくれないのなら、自分で作り出したファンタジーや過去との対話でそれとつき合うこともできるのだ、ということをこの掌編は教えてくれるのだ。

　それぞれ年齢や立場が少しずつ違う女性たちが登場するほかの六篇でも、作者によりこめられているメッセージは同様であるように思う。つまり、だれもが光をあてない「この年代だからこその心の揺れや空洞」を丹念に描きながら、「まわりの人がそれに気づいてくれなくても、せめて自分では一度はそこに目を向けてあげましょうよ」とやさしく声をかける。そして読者は、そうしてみたところで画期的な変化や解決が得られるわけではないけれど、きっと何かが少しだけ変わるはず、という淡い希望を抱くことになるだろう。

　実は私はここ数年、カウンセリングや個人的に受けた相談の中で、この『蘭の影』に出てくるような問題意識を持ち、そこから思わぬ道を歩む女性たちが増えてきているような印象を受けている。それまでどちらかといえば恵まれた人生を歩んできた女性が、四十代から五十代にさしかかるころにふと自分の人生を振り返ってみる。もちろんそれじたいは珍しいことではない。そのときに「本当にこの人生でよかったのだろうか」という空しさや疑問におそわれるのも、むしろあたりまえと言えよう。

問題はそこから先なのだ。そこからたとえば自分らしい趣味を身につけるとか、仕事に出てみるとか、あるいは冒頭に紹介した夫人のように恋愛を経験するといった新しい行動に出られる人はまだいい。私がかかわった何人かの女性は、そこからなんと「自分の親を責める」という道を選択したのである。「私が今の人生に満足できないのは、結局、親がすすめる仕事、結婚に従ってきたからだ。親が私の人生をメチャクチャにした」。そして、分別も知性もそれなりの社会的地位もある女性たちが、突然、年老いた親に電話をして「私の人生、返してよ!」とまるで思春期の少女のように理不尽な攻撃を始めるのだ。オロオロする老母に「時間で返せないならお金で償ってよ!」と法外な〝賠償金〟を要求した大学教授夫人もいた。彼女たちもまた、自分の心に生じた空洞に気づき、それを何とかしようとしたのはたしかなのだが、自分なりに達した解答はあまりにも悲しいものであったわけだ。似たような例をいくつか経験した後、私はたわむれに彼女たちのことを〝中年反抗期〟などと名づけてみたりしたのだが、すべてのケースが女性であったこと、中年という雑駁《ざっぱく》なくくりでは説明できない微妙な心理的・身体的年齢に特有な問題であることを考えれば、もう少しデリケートなネーミング——たとえば「蘭の影シンドローム」などと呼んだら作者は心外に思うだろうか——が必要かと思われる。

もちろん、『人形の家』のノラのように自立の気持ちを抑えきれずに出立してしまうほどの行動力や経済力を兼ね備えた女性でないかぎりは、結局は事態は「落ち着くところに落ち着く」ことになるのだろう。しかし、だからと言って「ほら、やっぱり夫がいなければ生きていけないのだから、ときめきだせつなさだなどと言うのはおかしいのだ」と考えてしまうのも誤りだと思う。だれにも気づかれずに燃え上がり、そしてまただれにも気づかれずに消えていく心の中の小さな炎——。今回、作者は鋭い観察力でそれをとらえ、かぎりないやさしさで描くという素晴らしい仕事を成し遂げた。そのことにより、どれほど多くの女性たちが救われたであろうか——そう、美知子がデンドロビュームの精に救われたように。

読者が感じたその救いが、自分の心の中のデリケートな領域にも光をあてる勇気につながっていくことを願いたい。「その年頃」にさしかかりつつある私も、そうする勇気を忘れないようにしたいと思っている。

（平成十二年八月、精神科医・神戸芸術工科大学助教授）

この作品は平成十年六月新潮社より刊行された。

新潮文庫最新刊

林真理子著
着物をめぐる物語
歌舞伎座の楽屋に現れる幽霊、ホステスが遺した大島、辰巳芸者の執念。華かな着物に織り込められた、世にも美しく残酷な十一の物語。

内田春菊著
あたしのこと憶えてる?
ものを憶えられない「病気」のボーイフレンドとの性愛を通して人の存在のもろさと確かさを描いた表題作など、大胆で繊細な九篇。

志水辰夫著
情事
愛人との情事を愉しみつつ、妻の身体にも没入する男。一片の疑惑を胸に、都市と田園を行き来する、性愛の二重生活の行方は——。

髙樹のぶ子著
蘭の影
人生の後半にさしかかった女たちの、心とからだを幻燈のようによぎっていく、甘くはかないときめきと微熱のような官能の揺らぎ。

室井佑月著
熱帯植物園
「セックスが楽しいのは覚えたてだからかもしれない」10代の少女たちの生と性をエロティックかつクールに描いた、処女小説集。

林あまり著
ベッドサイド
奔放に性を表現する短歌でデビューしてから20年。豊かにたおやかに成長した女流歌人の、『ベッドサイド』を核にした全歌集の集大成。

蘭《らん》の影《かげ》

新潮文庫　た－43－8

平成十二年十月一日発行

著者　髙《たか》樹《ぎ》のぶ子《こ》

発行者　佐藤隆信

発行所　株式会社 新潮社

郵便番号　一六二―八七一一
東京都新宿区矢来町七一
電話 編集部(〇三)三二六六―五四四〇
読者係(〇三)三二六六―五一一一

価格はカバーに表示してあります。

乱丁・落丁本は、ご面倒ですが小社読者係宛ご送付ください。送料小社負担にてお取替えいたします。

印刷・大日本印刷株式会社　製本・株式会社植木製本所

ISBN4-10-102418-9 C0193